居廉「迎春、櫻桃、望春圖」——黃色的是迎春花，沒有香氣，不算是名貴花卉，但在春天開得早，當時沒有其他花卉，人們折來做瓶供，聊作點綴；花枝柔軟，可讓園藝家任意蟠纏。淡藍的是望春花，也享不到春光的真正燦爛。淡紅的是櫻桃花，美麗而迅速凋謝。借用圖中的花卉以象徵書中馬春花與苗夫人，花開花落匆匆，卻也有過一段淒艷的時光。

鑲寶石金壺──壺上雕有龍形，是明朝皇宮中的物品。福康安的母親用鑲寶石的金壺裝了有毒參湯害死馬春花，她的壺上不會有龍形花紋，但說不定她情人乾隆皇帝送了她一把皇宮內院的金壺。

清代北京正陽門外、正陽橋一帶的情景。日本《唐土名勝圖會》中所繪。

乾隆年間淑女圖——英國畫家所繪的油畫，畫家名失傳。該畫注明繪於一七五〇年（乾隆十五年）前後。原畫現藏香港美術博物館。

郎世寧「大宛貢馬圖」(部分)——圖中騎馬的四人是乾隆時的官員或清宮侍衛。原圖為鄭德坤教授所藏。

乾隆閱兵圖——乾隆所檢閱的，可能就是福康安的部隊，那面「帥」字旗也許是福大帥的軍旗。
從圖中可見到清朝全盛時代的軍容以及車駕儀仗的情況。

大字版

飛狐外傳

金庸

③恩仇情誼

飛狐外傳. 3,恩仇情誼 / 金庸作. -- 二版. -- 臺北市：
遠流, 2019.04
面； 公分. --(大字版金庸作品集；29)
大字版
ISBN 978-957-32-8505-2 (平裝)

857.9 108003442

大字版金庸作品集㉙

飛狐外傳 (3)恩仇情誼 「公元2004年金庸新修版」

The Young Flying Fox, Vol. 3

作　者／金　庸

封面設計／唐壽南　內頁插畫／王司馬

發行人／王榮文
出版・發行／遠流出版事業股份有限公司
臺北市中山北路一段11號13樓
電話／2571-0297　**傳真**／2571-0197　**郵撥**／0189456-1

□2004年9月16日　初版一刷
□2022年4月1日　二版三刷

大字版 每冊 *380* 元（本作品全四冊，共1520元）
〔另有典藏版共36冊（不分售），平裝版共36冊，新修版共36冊，新修文庫版共72冊〕

ISBN 978-957-32-8508-3（**套：大字版**）
ISBN 978-957-32-8505-2（**第三冊：大字版**）
Printed in Taiwan

YLib 遠流博識網
http://www.ylib.com E-mail:ylib@ylib.com

目錄

胡斐見苗人鳳臉色平和，這一刀說甚麼也砍不下去，大叫一聲，轉身便走。一口氣狂奔了十來里路，這才停住。思潮起伏，恩仇之際，實所難處，可不知如何是好。

第十一章　恩仇之際

次日一早，三人上馬又行，來時兩人快馬，只奔馳了一日，回去時卻到次日天黑，方到苗人鳳所住的小屋外。

鍾兆文見屋外的樹上繫著七匹高頭大馬，心中一動，低聲道：「你們在這裏稍等，我先去瞧瞧。」繞到屋後，聽得屋中有好幾人在大聲說話，悄悄到窗下向內張去，見苗人鳳用布蒙住了眼，昂然而立，他身周站著五條漢子，手中各執兵刃，神色兇狠。鍾兆文環顧室內，不見兄弟兆英、兆能的影蹤，心想他二人責在保護苗大俠，不知何以竟會離去，不禁憂疑。

只聽得站近廳門口一人說道：「苗人鳳，你眼睛也瞎了，活在世上只不過是多受活罪。依我說啊，還不如早些自己尋個了斷，也免得大爺們多費手腳。」苗人鳳哼了一聲，並不說話。又有一名漢子說道：「你號稱打遍天下無敵手，在江湖上也狂了幾十年啦。今日乖乖兒爬在地下給大爺們磕幾個響頭，爺們一發善心，說不定還能讓你多吃幾年窩囊飯。」

苗人鳳低啞著嗓子道：「田歸農呢？他怎麼沒膽子親自來跟我說話？」首先說話的漢子笑道：「料理你這瞎子，用得著田大爺出馬麼？」苗人鳳澀然道：「田歸農沒來？他連殺我也沒膽麼？」

便在此時，鍾兆文忽覺得肩頭有人輕輕一拍，他吃了一驚，縱出半丈，回過頭來，見是胡斐和程靈素兩人，這才放心。胡斐走到他身前，向西首一指，低聲道：「鍾二哥和三哥在那邊給賊子圍上啦。鍾大哥，不如你快去相幫，我在這兒照料苗大俠好了。」鍾兆文知他武功了得，又掛念著兄弟，從腰間抽出判官筆，向西疾奔。

他這麼一縱一奔，屋中已然知覺。一人喝道：「外邊是誰？」胡斐笑道：「一位是醫生，一個是屠夫。」那人怒喝：「甚麼醫生、屠夫？」胡斐笑道：「醫生給苗大俠治眼，屠夫殺豬宰狗！」那人怒罵一聲，便要搶出。另一名漢子拉住他臂膀，低聲道：「別中調虎離山之計。田大爺只叫咱們殺這姓苗的，旁的事不用管。」那人喉頭咕嚕幾聲，站定不動。胡斐原怕苗人鳳眼睛不便，想誘敵出屋對付，那知他們卻不上當。

苗人鳳道：「小兄弟，你回來了？」胡斐朗聲道：「在下已請到了毒手藥王他老人家來，苗大俠的眼準能治好。」

他說「毒手藥王」，意在虛張聲勢，恫嚇敵人，果然屋中五人盡皆變色，一齊回頭，卻見門外站著一個粗壯少年，另有一個瘦怯怯的姑娘，那裏有甚麼「毒手藥王」？

苗人鳳道：「這裏五個狗崽子不用小兄弟操心，你快去相助鍾氏三雄。賊子來的人不少，他們要倚多爲勝。」胡斐還未回答，只聽得背後腳步聲響，一個清朗的聲音說道：「苗兄料事如神，我們果然是倚多爲勝啦！」

胡斐回頭看去，只見高高矮矮十幾個男女，各持兵刃，慢慢走近。此外尚有十餘名莊客僮僕，高舉火把。鍾氏三雄雙手反縛，已給擒住。一個中年相公腰懸長劍，走在各人前頭。胡斐見這人長眉俊目，氣宇軒昂，正是數年前在商家堡中見過的田歸農。當年胡斐只是個黃皮精瘦的少年，眼下身形相貌俱已大變，田歸農自不認得。

苗人鳳哈哈一笑，說道：「田歸農，你不殺我，總睡不安穩。今天帶來的人不少啊！」田歸農道：「我們是安份守己的良民，怎敢說要人性命？只不過前來恭請苗大俠到舍下盤桓幾日。誰叫咱們有故人之情呢。」這幾句話說得輕描淡寫，但洋洋自得之情溢於言表，今日連威震湘鄂的鍾氏三雄都已受擒，此外更無強援，苗人鳳雙目已瞎，又怎有逃生之機？至於站在門口的胡斐和程靈素，他自沒放在眼下，便似沒這兩個人一般。

胡斐見敵衆我寡，鍾氏三雄一齊失手，對方好手該當不少，要退敵救人，料來不易。他遊目察看敵情，田歸農身後站著兩個女子，此外有個枯瘦老者手持點穴橛，另一個中年漢子拿對鐵牌，雙目精光四射，看來這兩人都是勁敵。另有七八名漢子拉著兩條極長極細的鐵鍊，不知有甚麼用途。

胡斐微一沉吟，便即省悟：「是了，他們怕苗大俠眼瞎後仍然十分厲害，這兩條鐵鍊明明是絆腳之用，欺他眼睛不便，七八人拉著鐵鍊遠遠一絆一圍，他武功再強，也非摔倒不可。」他向田歸農望了一眼，忍不住怒火上升，心想：「你誘拐人家妻子，苗大俠已饒了你，你卻一個毒計接著一個，弄瞎了人眼睛，還要置人於死地。如此惡毒，當眞禽獸不如。」

胡斐卻不知道，田歸農爲人固然陰毒，卻也實有不得已的苦衷，自與苗人鳳的妻子南蘭私奔之後，想起她是當世第一高手的夫人，每日裏食不甘味，寢不安枕，一有甚麼風吹草動，便疑心是苗人鳳前來尋仇，往往嚇得魂不附體。

南蘭初時對他是死心塌地的熱情痴戀，但見他整日提心吊膽，時時刻刻害怕自己丈夫，不免生了鄙薄之意。因爲這個丈夫苗人鳳，她實在不覺得有甚麼可怕。在她心中，只要兩心眞誠相愛，便給苗人鳳一劍殺了，又有甚麼？她看到田歸農對他自己性命的顧念，遠勝於珍重她的情愛。她是拋棄了丈夫、拋棄了女兒、拋棄了名節來跟隨他的，而他卻並不以爲這是世界上最寶貴的。她還隱隱覺得，田歸農之所以對自己痴纏，肯定還不是爲了自己的美色，更不是爲了自己的一片眞情，而是另有目的。爲了權勢？還是爲了財寶？這時她早已明白了田歸農，對於這個男人，天下最重要的，除了自己的性命之外，便是財寶和權勢。

因爲害怕和貪心，於是田歸農的風流瀟洒便減色了，對琴棋書畫便不大有興致了，便很少有時候伴著她在妝台前調脂弄粉了。他大部分時候在練劍打坐；或是仰起了頭空想，在想做大官，或是在想成爲大富翁？

這位官家小姐，卻一直是討厭人家打拳動刀的。就算武功練得跟苗人鳳一般高強，又算得甚麼？何況，她雖不會武功，卻也知田歸農永遠練不到苗人鳳的地步。

田歸農卻不能不憂心，只要苗人鳳不死，自己的一切圖謀，終歸是一場春夢，甚麼富可敵國的財寶，甚麼氣蓋江湖的權勢，終究不過是鏡中花、水中月罷了！

因此雖然是自己對不起苗人鳳，但他非殺了這人不可。現在，苗人鳳的眼睛已弄瞎了，他武功高強的三個助手都已擒住了，室內有五名好手在等待自己下手的號令，屋外有十多名好手預備截攔，此外，還有兩條苗人鳳看不見、不知道的長長鐵鍊……

程靈素靠在胡斐身邊，一直默不作聲，但一切情勢全瞧在眼裏。她緩緩伸手入懷，摸出了半截蠟燭，又取出火摺。只要蠟燭一點著，片刻之間，周圍的人全非中毒暈倒不可。她向身後眾人一眼也不望，晃亮了火摺，便往燭芯上湊去，在夜晚點一枝蠟燭，那是誰也不會在意的事。

那知背後突然颼的一聲，打來了一枚暗器。這暗器自近處發來，既快且準，程靈素猝不及防，蠟燭竟讓暗器打成兩截，跌在地下。她吃了一驚，回過頭來，只見一個十五六歲的姑娘厲聲道：「給我規規矩矩的站著，別搗鬼！」

眾人目光一時都射到了程靈素身上，都不知道她要搗甚麼鬼。

程靈素見那暗器是一枚鐵錐，淡淡的道：「搗甚麼鬼啊？」心中暗自著急：「怎麼這小姑娘居然識破了我的機關？這可有點難辦了。」

田歸農只斜晃一眼，並不在意，說道：「苗兄，跟我們走吧！」他手下一名漢子伸手向胡斐肩頭猛力推出，喝道：「你是甚麼人？站開些。這裏沒熱鬧瞧。」他見胡程二人貌不驚人，還道是苗人鳳的鄰居。胡斐也不還手，索性裝傻，便站開一步。

苗人鳳道：「小兄弟，你快走，別再顧我！只要救出鍾氏三雄，苗某永感大德。」胡斐和鍾氏三雄都大為感動：「苗大俠仁義過人，雖身處絕境，仍顧旁人，不顧自己。」

田歸農心中一動，向胡斐橫了一眼，心想：「難道這小子還會有甚麼門道？」大聲喝道：「請苗大俠上路。」

這喝聲一出口，屋中五人刀槍並舉，同時向苗人鳳身上五處要害殺去。

小屋的廳堂本就不大，六個人擠在裏面，眼見苗人鳳無可閃避，他雙掌一錯，硬生生的從兩人之間擠了過去。五人兵刃盡數落空，喀喇喇幾聲響，一張椅子爲兩柄刀同時劈成數塊。苗人鳳回轉身來，站在門口，他赤手空拳，眼上包布，卻堵住門不讓五個敵人逃出。胡斐本待衝入相援，但見他回身這麼一站，已知他有恃無恐，縱然不勝，也不致落敗。

那五名漢子心中均道：「我們五人聯手，今日若還對付不了一個瞎子，此後還有甚麼臉面再在江湖行走？」

苗人鳳叫道：「小兄弟，你再不走，更待何時？」胡斐道：「苗大俠放心，憑這些狗崽子，還擋不了我路！」苗人鳳說道：「好，英雄年少，後生可畏！」說了這幾個字，突然搶入人叢，鐵掌飛舞，肘撞足踢，威不可當。

室中這五人武功均非尋常，眼見苗人鳳掌力沉雄，便各退開，靠著牆壁，俟隙進擊。混亂中桌子傾倒，室中燈火熄滅。屋外兩人高舉火把，走到門口，苗人鳳雙目既瞎，有無火光全是一樣，那五人卻可大佔便宜。

猛聽得有人縱聲大吼，挺槍向苗人鳳刺去，這一槍對準他小腹，去勢狠辣。苗人鳳右腿橫跨，伸掌欲抓槍頭，那知西南角上一人悄沒聲的伏著，倏地揮刀砍出，噗的一聲，正中他右腿。這人姓錢，五人中算他武功最強，知苗人鳳全仗聽聲辨器，便屛住呼吸，靜靜蹲著，苗人鳳激鬥方酣，自不知他所在，他直候到苗人鳳的右腿伸到自己跟前，這才揮刀砍落。屋內屋外衆人見苗人鳳受傷，齊聲歡呼。

鍾兆文喝道：「小兄弟，快去救苗大俠，再待一會可來不及了。」

便在此時，苗人鳳左肩又中一鞭。他想：「今日之勢，若無兵刃，空手殺不出重圍。」胡斐也早已看清楚局面，須得將手中單刀拋給苗人鳳，他方能制勝，但門外勁敵不少，自己沒了兵刃，卻也難擋。眼見情勢緊急，不暇細思，叫道：「苗大俠接刀！」運起內力，呼的一聲，將單刀擲進門去。這一擲力道奇猛，室中五個敵人若伸手來接，手腕非斷不可，只苗人鳳一人才接得了這刀。

此時苗人鳳的左膀正伸到西南角處誘敵，待那人又揮刀砍出，手腕翻處，夾手已搶過單刀，聽著胡斐單刀擲來的風勢，刀背對刀背砸碰，噹的一響，火花四濺，竟將擲進來的單刀砸出門去，叫道：「你自己留著，且瞧我瞎子殺賊。」

他身上雖受了兩處傷，但手中有了兵刃，情勢登時大爲不同，呼呼兩刀，將五名敵人逼得又貼住了牆壁。

屋中五人素知「苗家劍」的威名，但精於劍術之人極少會使單刀，均想你縱然奪得一把鋼刀，未必比空手更強，各人齊聲吆喝，挺著兵刃又上。只見門外亮光閃耀，又擲進一把刀來，這一次卻是擲給那單刀遭奪的姓錢漢子。那人伸手接住，他適才兵刃脫手，頗覺臉上無光，非立功難以挽回顏面，舞刀搶攻，向苗人鳳迎面砍去。

苗人鳳凝立不動，聽得正面刀來，左側鞭至，卻不閃不架，待得刀鞭離身不過半尺，猛地轉身，唰的一刀，正中持鞭者右臂，手臂立斷，鋼鞭落地。那人長聲慘呼。姓錢的心驚肉跳，伏身向旁滾開。胡斐大奇：「這一招『鷂子翻身刀』明明是我胡家刀法，苗大俠如何會使？而他使得居然比我更為精妙！」

屋中其餘三人一楞，有人叫了起來：「苗瞎子也會使刀！」

田歸農猛地記起：當年胡一刀和苗人鳳曾互傳刀法、劍法，又曾交換刀劍比武，心中一凜，叫道：「他使的是胡家刀法，跟苗家劍不同。大夥兒小心！」

苗人鳳哼了一聲，說道：「不錯，今日叫鼠輩見識胡家刀法的厲害！」踏上兩步，一招「懷中抱月」，迴刀輕削，乃是虛招，跟著「閉門鐵扇」，單刀先推後橫，又有一人腰間中刀，倒在地下。

胡斐又驚又喜：「他使的果然是我胡家刀法！原來這兩招虛虛實實，竟可如此變化！」苗人鳳曾得胡一刀親口指點刀法的妙詣要旨，他武功根柢又深，比之胡斐單從刀譜上自行琢磨，所知自然更為精湛。

但見苗人鳳單刀展開，寒光閃閃，如風似電，吆喝聲中，揮刀「沙僧拜佛」，一人花槍折斷，鋼刀斜肩劈落，跟著「上步摘星刀」，又有一人斷腿跌倒。

田歸農叫道：「錢四弟，出來，出來！」他見苗人鳳大展神威，屋中只賸下了一個使單刀的「錢四弟」，即令有人衝入相援，也未必能操勝算，決意誘苗人鳳出屋用鐵鍊擒拿。但苗人鳳攔住屋門，那姓錢的如何能夠出來？

苗人鳳知此人是使陰毒手法砍傷自己右腿之人，不容他輕易脫逃，鋼刀晃動，將他逼入屋角，猛的一刀「穿手藏刀」砍將出去，嗆啷一響，那人單刀脫手。這人乘勢在地下滾動，穿過桌底，想欺苗人鳳眼不見物，便此逃出屋去。苗人鳳順手抓起一張板櫈，用力擲出。那人正好從桌底滾出，砰的一聲，板櫈撞正他胸口。這一擲力道何等剛猛，登時肋骨與櫈腳齊斷，那人立時昏死。

苗人鳳心知這些人全是受田歸農指使，因此未下殺手，每人均使其身受重傷而止。霎時之間五名好手先後倒地，屋外眾人盡皆駭然，均想：「這人號稱打遍天下無敵手，果然名不虛傳！若他眼睛不瞎，我輩今日都死無葬身之地了。」

田歸農朗聲笑道：「苗兄，你武功越來越高，小弟佩服得緊。來來來，小弟用天龍劍領教領教你的胡家刀法！」接著使個眼色，那些手握鐵鍊的漢子上前幾步，餘人卻退了開去。苗人鳳道：「好！」他也料到田歸農必有陰險後著，但形格勢禁，非得出屋動手不可。

胡斐突然插嘴：「且慢！田歸農，你要領教胡家刀法，何必苗大俠親自動手，在下指點你幾路，也就是了！」田歸農見他適才擲刀接刀的勁力手法，已知他並非尋常少年，但究也沒怎麼放在心上，向他橫了一眼，冷笑道：「你是何人？膽敢口出狂言？」

胡斐道：「我是苗大俠的朋友，適才見苗大俠施展胡家刀法，心下好生敬佩，學了他幾招，只好勞你大駕，給我餵餵招了！」

田歸農氣得臉皮焦黃，還沒開口，胡斐喝道：「看刀！」一招「穿手藏刀」，當胸猛劈過去，正是適才苗人鳳用以打落姓錢的手中兵刃這一招。田歸農舉劍封架，噹的一響，刀劍相交，田歸農身子一晃，胡斐卻退了一步。

田歸農是天龍門北宗掌門人，一手天龍劍法自幼練起，已有近四十年造詣，功力自比胡斐深厚。兩人這一較內力，胡斐便輸了一籌。但田歸農見對方小小年紀，膂力竟如此沉雄，滿以爲這一劍要將他單刀震飛，內傷嘔血，那知他只退了一步，臉上若無其事，倒也不禁暗自驚詫。

苗人鳳站在門口，聽得胡斐上前，聽得刀削的風勢，又聽得兩人刀劍相交，胡斐倒退，說道：「小兄弟，你這招『穿手藏刀』使得一點不錯。可是胡家刀法的要旨端在招數精奇，不在以力碰力。請你退開，讓我瞎子來收拾他。」

胡斐聽到「胡家刀法的要旨端在招數精奇，不在以力碰力」這兩句話，心念一動，暗道：「苗大俠這兩句話正指出了我刀法的缺陷，跟敵人硬拚，那是以己之短，攻敵之長。」又想起當年趙半山在商家堡講解武學精義，正與苗人鳳的說法不謀而合，心中一喜，大聲道：「多謝苗大俠指點。適才你所使刀法，我只試了一招，還有十幾招沒試。」轉過頭來，向田歸農道：「這一招『穿手藏刀』，你知道厲害了麼？」

田歸農喝道：「渾小子，滾開！」胡斐說道：「好，你不服氣，待我把胡家刀法一一施展，如我使得不對，打你不過，我跟你磕頭。你要是輸了，那又怎樣？」田歸農滿肚子沒好氣，喝道：「我也跟你磕頭！」

胡斐笑道：「那倒不用！你若不敵胡家刀法，那就須立時將鍾氏三雄放了。這三位鍾爺威震兩湖，武功修爲，可比你高明得太多。若說單打獨鬥，你連我也打不過，更加不是三位鍾爺敵手。單憑人多，又算甚麼英雄好漢？」他這番話一則激怒對方，二則也是爲鍾氏三雄出氣。三鍾雙手受縛，聽了這幾句話，心中大快，對胡斐更不勝感激。

田歸農行事本來瀟洒，但給胡斐這麼一激，竟大大沉不住氣，心想：「你小子輸了，想磕幾個頭就了事？有這麼便宜事！今日叫你小命難逃我劍底。」左袖一拂，左手捏個劍訣，斜走三步，他心中雖怒，卻不莽進，使的是正宗天龍門一字劍法。

衆人見首領出手，一齊退開，手執火把的高高舉起，圍成一個明晃晃火圈。

胡斐叫道：「『懷中抱月』，本是虛招，下一招『閉門鐵扇』！」口中吆喝，單刀先推後橫，正與苗人鳳適才所使一模一樣。田歸農身子閃過，橫劍便刺。胡斐叫道：「苗大俠，下一招該當怎樣？」苗人鳳聽他叫出「懷中抱月」與「閉門鐵扇」兩招的名字，也不怎麼驚異，因胡家刀法的招數外表上看去，跟武林中一般大路刀法並無多大不同，只變化奇妙，攻則去勢凌厲，守則門戶嚴謹，攻中有守，守中有攻，令人莫測高深，這時聽胡斐急叫，眉頭一皺，叫道：「沙僧拜佛。」

胡斐依言揮刀劈去。田歸農長劍斜刺，來點胡斐手腕。

苗人鳳叫道：「鷂子翻身！」他話未說完，胡斐已使「鷂子翻身」砍去。田歸農吃了一驚，急忙退開，嗤的一聲，長袍袍角已給刀鋒割去一塊。他臉上微微一紅，唰唰唰連刺三劍，迅捷無倫，心想：「難道你苗人鳳還來得及指點？」

苗人鳳一驚，暗叫要糟。卻聽胡斐笑道：「苗大俠，我已避了他三劍，怎地反擊？」苗人鳳順口道：「關平獻印！」胡斐道：「好！」果是一刀「關平獻印」！

這一刀劈去，勢挾勁風，威力不小，但苗人鳳先已叫出，田歸農是武林一大宗派掌門，所學既精，人又機靈，早搶先避開。胡斐跟著橫刀削去，這一招是「夜叉探海」。他刀到中途，苗人鳳也已叫了出來：「夜叉探海！」

十餘招一過，田歸農竟給迫得手忙腳亂，全處下風，瞥眼見旁觀眾人均有驚異之色，劍法即變，快擊快刺。胡斐展開生平所學，以快打快。苗人鳳口中還在呼喝：「上步搶刀，亮刀勢，觀音坐蓮，浪子回頭……」眾人見胡斐刀鋒所向，竟與苗人鳳所叫若合符節，無不駭然。

其實當明末清初之時，胡苗范田四家武功均有聲於世。苗人鳳爲一代大俠，專精劍術，對天龍門劍術熟知於胸，這時田胡兩人相鬥，他眼睛雖然不見，一聽風聲即能辨知二人所使的大致是何招術。胡斐出招進刀，其實是依據自己生平所學全力施爲，如要聽到苗人鳳指點再行出刀，在這生死繫於一髮的拚鬥之際，那裏還來得及？只他和苗人鳳所學胡家刀法系出同源，全無二致。苗人鳳口中呼喝和他手上出招，配得天衣無縫，倒似是預先排演純熟、在衆人之前試演一般。

田歸農暗想：「莫非這人是苗人鳳的弟子？要不然苗人鳳眼睛未瞎，裝模作樣的包上一塊白布，實則瞧得清清楚楚？」想到此處，不禁生了怯意。胡斐的單刀卻越使越快。這時苗人鳳再也沒法聽出兩人的招數，已住口不叫，心中卻在琢磨：「這少年刀法如此精奇，不知是那一位高手門下？」

倘若他雙目得見，看到胡斐的胡家刀法如此精純，自早料到他是胡一刀的傳人了！

衆人圍著的圈子越離越開，都怕受刀鋒劍刃碰及。胡斐一個轉身，見程靈素站在圈子之內，滿臉關切的神色，登時體會到她對自己確實甚好，心下感動，不禁向她微微一笑，突然轉頭喝道：「『懷中抱月』，本是虛招！」

話聲未畢，噹的一聲，田歸農長劍落地，手臂上鮮血淋漓，踉蹌倒退，身子晃了兩晃，噴出一口血來。

原來「懷中抱月」，本是虛招，下一招是「閉門鐵扇」。這兩招一虛一實，當晚苗人鳳和胡斐各已使了一次，田歸農自瞧得明白，激鬥中猛聽得「懷中抱月，本是虛招」這八字，自然而然的防他下一招「閉門鐵扇」。那知胡家刀法妙在虛實互用，忽虛忽實，這一招「懷中抱月」卻不作虛招，突然變爲實招，胡斐單刀急迴，一刀砍在他腕上，跟著刀中夾掌，在他胸口結結實實的猛擊一掌。

胡斐笑道：「你怎地如此性急，不聽我說完？我說『懷中抱月，本是虛招，變爲實招，又有何妨？』你聽了上半截，沒聽下半截！」

田歸農胸口翻騰，似乎又要有大口鮮血噴出，知今日勢頭不對，再鬥下去，勢必大敗，又怕苗人鳳眼睛其實未瞎，強行運氣忍住，手指鍾氏三雄，打手勢命手下人解縛，隨即揮手轉身，忍不住又一口鮮血吐出。

那放錐的小姑娘是田歸農之女，是他前妻所生，名叫田青文，見父親身受重傷，忙搶上扶住，低聲道：「爹，咱們走吧？」田歸農點點頭。衆人羣龍無首，人數雖衆，已全無鬥志。苗人鳳抓起屋中受傷五人，逐一擲出。衆人伸手接住，轉身便走。

程靈素叫道：「小姑娘，暗器帶回家去！」右手揚動，鐵錐向田青文飛去。

田青文竟不回頭，左手向後一抄接住，手法甚爲伶俐。那知錐甫入手，她全身劇跳，立即將鐵錐拋落，左手連連揮動，似乎那鐵錐極其燙手一般。

胡斐哈哈一笑，說道：「赤蠍粉！」程靈素回以一笑，她果是在鐵錐上放了赤蠍粉。田青文這一下中毒，數日間疼痛不退。

片刻之間，田歸農一行人走得乾乾淨淨，小屋之前又是漆黑一團。

鍾兆文朗聲道：「苗大俠，賊子今日敗去，這幾天內不會再來。我三兄弟維護無力，甚爲慚愧，望你雙目早日痊可。」又向胡斐道：「小兄弟，我三鍾交了你這位朋友，他日若有差遣，願盡死力！」三人一抱拳，逕自快步去了。

胡斐知他三人失手被擒，臉上無光，抱拳還禮，不便再說甚麼。苗人鳳心中恩怨分明，口頭卻不喜多言，只朗聲道：「多謝了！」耳聽得田歸農一行北去，鍾氏三雄卻向南行。

程靈素道：「你兩位武功驚人，可讓我大開眼界了。苗大俠，請你回進屋去，我瞧瞧你眼睛。」三人回進屋中。胡斐搬起倒翻了的桌椅，點亮油燈。程靈素輕輕解開苗人鳳眼上的包布，手持燭台，細細察看。

胡斐不去看苗人鳳的傷目，只望著程靈素神色，要從她臉色之中，看出苗人鳳的傷目是否有救。但見程靈素的眼珠晶瑩清澈，猶似一泓清水，臉上只露出凝思之意，既無難色，亦無喜容，直教人猜度不透。

苗人鳳和胡斐都是極有膽識之人，但在這一刻間，心中的惴惴不安，尤甚於身處強敵環伺之際。

過了半晌，程靈素仍凝視不語。苗人鳳微微一笑，說道：「這毒藥藥性厲害，又隔了這許多時候，倘若難治，姑娘但說不妨。」程靈素道：「要治到與常人一般，並不爲難，只苗大俠並非常人。」胡斐奇道：「怎麼？」程靈素道：「苗大俠人稱『打遍天下無敵手』，內力既深，雙目必當炯炯有神，凜然生威。若給我這庸醫治得目力雖復，卻失了神采，豈不可惜？」

苗人鳳哈哈大笑，說道：「這位姑娘吐屬不凡，手段自是極高的了。但不知跟一嗔大師怎生稱呼？」程靈素道：「原來苗大俠還是先師的故人……」苗人鳳一怔，道：「一嗔大師亡故了麼？」程靈素道：「是。」

苗人鳳霍地站起，說道：「在下有言要跟姑娘說知。」胡斐見他神色有異，心中奇怪，又想：「程姑娘的師父毒手藥王法名叫做『無嗔』，怎麼苗大俠稱他爲『一嗔』？」

苗人鳳道：「當年尊師與在下曾有小小過節，在下無禮，曾損傷過尊師。」程靈素道：「啊，先師左手少了兩根手指，是給苗大俠用劍削去的？」苗人鳳道：「不錯。雖這番過節尊師後來立即便報復了，算是扯了個直，兩不吃虧，但前晚這位兄弟要去向尊師求醫之時，在下卻知是自討沒趣，枉費心機。今日姑娘來此，在下還道是奉了尊師之命，以德報怨，實所感激。尊師既已逝世，姑娘是不知這段舊事的了？」

程靈素搖頭道：「不知。」苗人鳳轉身走進內室，捧出一隻鐵盒，交給程靈素，道：「這是尊師遺物，姑娘一看便知。」

那鐵盒約八寸見方，生滿鐵鏽，已是多年舊物。程靈素打開盒蓋，見盒中有一條小蛇的骨骼，另有一個小小磁瓶，瓶上刻著「蛇藥」兩字，她認得這般藥瓶是師父常用之物，但不知那小蛇的骨骼是何用意。

苗人鳳淡淡一笑，說道：「尊師和我言語失和，兩人動起手來。第二天尊師命人送了這隻鐵盒給我，傳言道：『若有膽子，便打開盒子瞧瞧，否則投入江河之中算了。』我自是受不了他激，打開盒蓋，裏面躍出這條小蛇，在我手背上咬了一口，小蛇劇毒無比，我半條手臂登時發黑。但尊師在鐵盒中附有蛇藥，我服用之後，性命是無礙了，這一番痛苦卻也難當之至。」說著哈哈大笑。

胡斐和程靈素相對而嘻，均想這番舉動原是毒手藥王的拿手好戲。

苗人鳳道：「咱們話已說明，姓苗的不能暗中佔人便宜。姑娘好心醫我，料想起來決非一嗔大師本意，煩勞姑娘一番跋涉，在下就此謝過。」說著一揖，站起身來走到門邊，便是送客之意。

胡斐暗暗佩服，心想苗人鳳行事大有古人遺風，豪邁慷慨，不愧「大俠」兩字。

程靈素卻不站起，說道：「苗大俠，我師父早就不叫『一嗔』了啊。」苗人鳳奇道：「甚麼？」程靈素道：「我師父出家之前，脾氣暴躁，出家後法名『大嗔』。後來修性養心，頗有進益，於是更名『一嗔』。倘若苗大俠與先師動手之時，先師不叫一嗔，仍叫作大嗔，這鐵盒中便只有毒蛇而沒解藥了。」苗人鳳「啊」的一聲，點了點頭。

程靈素道：「他老人家收我做徒兒的時候，法名叫作『偶嗔』。三年之前，他老人家改作了『無嗔』。苗大俠，你可把我師父小看了。」苗人鳳又「啊」的一聲。程靈素道：「他老人家撒手西歸之時，早已大徹大悟，無嗔無喜，怎還把你這番小小舊怨記在心上？」苗人鳳伸手在大腿上一拍，說道：「照啊！我確是把這位故人瞧得小了。一別十餘年，人家豈能如我苗人鳳一般，全沒長進？姑娘你貴姓？」

程靈素抿嘴一笑，道：「晚輩姓程，禾木程。」從背上包袱中取出一隻木盒，打開盒蓋，拿出一柄小刀，一枚金針，說道：「苗大俠，請你放鬆全身穴道。」苗人鳳道：「是了！」

胡斐見程靈素拿了刀針走到苗人鳳身前，心中突然生念：「苗大俠和那毒手藥王有仇。江湖上人心難測，若他們安排惡計，由程姑娘借治傷爲名，卻下毒手，豈不是我胡斐第二次又給人借作了殺人之刀？這時苗大俠全身穴道放鬆，只須在要穴中輕輕一針，即能制他死命。」正自躊躇，程靈素回過頭來，將小刀交了給他，道：「你給我拿著。」忽見他臉色有異，當即會意，笑道：「苗大俠放心，你卻不放心嗎？」

胡斐道：「若是給我治傷，我放一百二十個心。」程靈素道：「你說我是好人呢，還是壞人？」這句話單刀直入的問了出來，胡斐絕無思索，隨口答道：「你自然是好人，非常好的好人！」程靈素很歡喜，向他一笑。她肌膚黃瘦，本算不得美麗，但一笑之下，神采煥發，猶如春花初綻。胡斐心中更無半點疑慮，報以一笑。程靈素道：「你眞的信我了吧？」說著臉上微微一紅，轉過頭去，不再和他眼光相對。

胡斐曲起手指，在自己額角上輕輕打了個爆栗，笑道：「打你這胡塗小子！」心中忽動：「她問我：『你眞的信我了吧？』爲甚麼要臉紅？」王鐵匠所唱的那幾句情歌，斗然在心底響起：「小妹子待情郎——恩情深，你莫負了小妹子——一段情……」

程靈素提起金針，在苗人鳳眼上「陽白穴」、眼旁「睛明穴」、眼下「承泣穴」三處穴道逐一刺過，用小刀在「承泣穴」下割開少些皮肉，又換過一枚金針，刺在破孔之中，她大拇指在針尾一控一放，針尾中便流出黑血來。原來這枚金針中間是空的。但見血流不止，黑血變紫，紫血變紅。胡斐雖是外行，也知毒液已然去盡，歡呼道：「好啦！」

程靈素在七心海棠上採下四片葉子，在一隻瓦缽中搗得爛了，敷在苗人鳳眼上。苗人鳳臉上肌肉微微一動，接著身下椅子格的一響。

程靈素道：「苗大俠，我聽胡大哥說，你有位千金，挺可愛的，她在那裏啊？」苗人鳳道：「這裏不太平，送到鄰舍家玩去了。」程靈素用布條給他縛在眼上，說道：

「好啦！三天之後，待得疼痛過去，麻癢難當之時，揭開布帶，便沒事了。現下請進去躺著歇歇。胡大哥，咱們做飯去。」

苗人鳳站起身來，說道：「小兄弟，我問你一句話。遼東大俠胡一刀，是你家的長輩嗎？」胡斐以胡家刀法擊敗田歸農，苗人鳳雖未親睹，但聽得出他刀法上的造詣大非尋常，若不是胡一刀的嫡傳，決不能有此功夫。他知胡一刀只生一子，而那兒子早已給人殺死，拋入河中，因此猜想胡斐必是胡一刀的後輩。

胡斐澀然一笑，道：「這位遼東大俠不是我伯父，也不是我叔父。」苗人鳳很是奇怪，心想胡家刀法素不傳外人，何況這少年確又姓胡，又問：「那位胡一刀胡大俠，你叫他作甚麼？」

胡斐心中難過，不知苗人鳳和自己父親究竟有甚關連，不願便此自承身分，說道：「胡大俠？他早逝世多年了，我那有福份來叫他甚麼？」心中在想：「我這一生若有福份叫一聲爹爹、媽媽，能得他們親口答應一聲，這世上我還希求些甚麼？」

苗人鳳心中納罕，呆立片刻，微微搖頭，走進臥室。

程靈素見胡斐臉有黯然之色，要逗他高興，說道：「胡大哥，你累了半天，坐一忽兒吧！」胡斐搖頭道：「我不累。」程靈素道：「你坐下，我有話跟你說。」胡斐依言坐下，突覺臀下一虛，喀的一聲輕響，椅子四腳全斷，碎得四分五裂。程靈素拍手笑道：「五百斤的大牯牛也沒你重。」

胡斐下盤功夫極穩，雖坐了個空，但雙腿立時拿樁，並沒摔倒，只甚覺奇怪。程靈素笑道：「那七心海棠的葉子敷在肉上，痛於刀割十倍，若是你啊，只怕叫出我的媽來啦。」胡斐一笑，這才會意，適才苗人鳳忍痛，雖不動聲色，但一股內勁，早把椅子坐得脆爛了，程靈素意在跟他開個玩笑。

兩人煮了一大鑊飯，炒了三盤菜，請苗人鳳出來同吃。苗人鳳道：「能喝酒嗎？」程靈素道：「能喝，甚麼都不用忌。」苗人鳳拿出三瓶白乾，每人面前放了一瓶，道：「大家自己倒酒喝，不用客氣。」說著在碗中倒了半碗，仰脖子一飲而盡。胡斐是個好酒之人，陪他喝了半碗。

程靈素不喝，卻把半瓶白乾倒在種七心海棠的陶盆中，見胡斐臉現詫異，便對他道：「這花得用酒澆，一澆水便死。我在種醍醐香時悟到了這道理。師兄、師姊他們不懂，直忙了十多年，始終種不活。」賸下的半瓶分給苗胡二人倒在碗中，自己吃飯相陪。

苗人鳳又喝了半碗酒，意興甚豪，問道：「胡兄弟，你的刀法是誰教的？」胡斐答道：「沒人教，是照著一本刀譜上的圖樣和解說學的。」苗人鳳「嗯」了一聲。胡斐道：「後來遇到紅花會的趙三當家，傳了我幾條太極拳的要訣。」苗人鳳一拍大腿，叫道：

「是千臂如來趙半山趙三當家了？」胡斐道：「正是。」苗人鳳道：「怪不得，怪不得。」

胡斐問道：「怎麼？」苗人鳳道：「趙三當家武學修爲高明之極，我早聽說過，若不是經他傳授，兄弟你焉能有如此精強武功？」喝了一口酒，又道：「久慕紅花會陳總舵主豪傑仗義，諸位當家英雄了得，只可惜豹隱回疆，苗某無緣見得，實是生平極大憾事。」胡斐聽他語意之中對趙半山極是推重，心下也感歡喜。

苗人鳳將一瓶酒倒乾，舉碗飲了，霍地站起，摸到放在茶几上的單刀，說道：「胡兄弟，昔年我遇到胡一刀大俠，他傳了我一手胡家刀法。今日我用以殺退強敵，你用以打敗田歸農，便是這路刀法了。嘿嘿，眞是好刀法啊，好刀法！」驀地裏仰天長嘯，躍出戶外，提刀一立，將那一路胡家刀法施展開來。

只見他步法凝穩，刀鋒迴轉，或閒雅舒徐，或剛猛迅捷，一招一式，俱勢挾勁風。胡斐凝神觀看，見他所使招數，果與刀譜上所記一般無異，只刀勢較爲收歛，而比自己所使也緩慢得多。胡斐只道他是爲了讓自己看得淸楚，故意放慢。

苗人鳳一路刀法使完，橫刀而立，說道：「小兄弟，以你刀法上的造詣，勝那田歸農綽綽有餘，他便再強十倍，也決不是你對手。但等我眼睛好了，你要跟我打成平手，卻尙有不及。」胡斐道：「這個自然。晚輩怎是苗大俠的敵手？」

苗人鳳搖頭道：「這話錯了。當年胡大俠以這路刀法，和我整整鬥了五天，始終不分上下。他使刀之時，可比你緩慢得多，收歛得多。」胡斐一怔，道：「原來如此？」

苗人鳳道：「是啊，與其以客犯主，不如以主欺客。嫩勝於老，遲勝於急。纏、滑、絞、擦、抽、截，強於展、抹、鉤、剁、砍、劈。」

原來以主欺客，以客犯主，均是使刀的攻守之形，勞逸之勢；以刀尖開砸敵器爲「嫩」，以近柄處刀刃開砸敵器爲「老」；磕托稍慢爲「遲」，以刀先迎爲「急」，至於纏、滑、絞、擦等等，也都是使刀的諸般法門。

苗人鳳收刀還入，拿起筷子，扒了兩口飯，說道：「你慢慢悟到此理，他日必可稱雄武林，縱橫江湖。其實，就算現今，你也已少有敵手了。不過以你資質天賦，咱們求的是天下第一，不是第二。」胡斐心中歡喜，說道：「多謝指點。晚輩終身受益。」舉著筷子欲夾不夾，思量著他那幾句話，筷子停在半空。

程靈素用筷子在他筷子上輕輕一敲，笑道：「飯也不吃了嗎？」胡斐正自琢磨刀訣，全身的勁力不知不覺都貫注右臂之上。程靈素的筷子敲了過來，他筷子上自然而然的生出一股反震之力，嗒的一聲輕響，程靈素的一雙筷子竟爾震爲四截。她「啊」的一聲輕呼，笑道：「顯本事麼？」胡斐忙陪笑道：「對不起，我想著苗大俠那番話，不禁出了神。」隨手將手中筷子遞了給她。程靈素接過來便吃。

胡斐卻喃喃唸著：「嫩勝於老，遲勝於急，與其以客犯主……」一抬頭，見她正用自己使過的筷子吃飯，竟絲毫不以爲忤，不由得臉上一紅，欲待拿來代她拭抹乾淨，爲時已遲，要道歉幾句吧，卻又太著形跡，便到廚房去另行取了一雙筷子。

他扒了幾口飯，伸筷到那盤炒白菜中去夾菜，苗人鳳的筷子也剛好伸出，輕輕一撥，將他的筷子擋了開去，說道：「這是『截』字訣。」胡斐道：「不錯！」舉筷又上。但苗人鳳的一雙筷子守得嚴密異常，不論他如何高搶低撥，始終伸不進盤子。

胡斐心想：「動刀子拚鬥之時，他眼雖不能視物，但可聽風辨器，從兵刃劈風的聲音中辨明敵招來路。這時我一雙小小筷子，伸出去又無風聲，他如何能夠察覺？」

兩人進退邀擊，又拆了數招，胡斐突然領悟，原來苗人鳳這時所使招數，全是用的「後發制人」之術，要待雙方筷子相交，他才隨機應變，正是所謂「以主欺客」、「遲勝於急」等等的道理。胡斐一明此理，不再伸筷搶菜，卻將筷子高舉半空，遲遲不落，雙眼凝視著苗人鳳的筷子，自己筷子一寸一寸的慢慢移落，終於碰到了白菜。那時的手法可就快捷無倫，一挾縮回，送到了嘴裏。

苗人鳳瞧不見他筷子的起落，自不能攔截，將雙筷往桌上一擲，哈哈大笑。

胡斐自這口白菜一吃，才眞正踏入了第一流高手的境界，回想適才花了這許多力氣才勝得田歸農，霎時之間又喜歡，又慚愧。

程靈素見他終於搶到白菜，笑吟吟的望著他，由衷爲他歡喜。

苗人鳳道：「胡家刀法今日終於有了傳人，唉，胡大哥啊，胡大哥！」說到這裏，語音甚爲蒼涼。程靈素瞧出他與胡斐之間，似有甚麼難解的糾葛，不願他多提此事，問道：「苗大俠，你和先師當年爲了甚麼事情結仇，能說給我們聽聽嗎？」

苗人鳳嘆了口氣道：「這一件事我到今日還是不明白。十八年前，我誤傷了一位好朋友，只因兵刃上餵有劇毒，見血封喉，竟爾無法挽救。我想這毒藥如此厲害，多半與尊師有關，因此去向尊師詢問。尊師一口否認，說道毫不知情，想是我一來不會說話，二來心情甚惡，不免得罪了尊師，兩人這才動手。」

胡斐一言不發，聽他說完，隔了半晌，才問道：「如此說來，這位好朋友是你親手殺死的了？」苗人鳳道：「正是。」胡斐道：「那人的夫人呢？你斬草除根，一起殺了？」

程靈素見他手按刀柄，臉色鐵青，眼見一個杯酒言歡的局面，轉眼之間便要變爲一場腥風血雨。她全不知誰是誰非，但心中絕無半點疑問：「如他二人動手砍殺，我得立時助他。」這個「他」到底是誰，她心中自是清清楚楚。

苗人鳳語音甚是苦澀，緩緩的道：「他夫人當場自刎殉夫。」胡斐道：「那條命也是你害的了？」苗人鳳凄然道：「正是！」

胡斐站起身來，森然道：「這位好朋友姓甚名誰？」苗人鳳道：「你眞要知道？」胡斐道：「我要知道。」苗人鳳道：「好，你跟我來！」大踏步走進後堂。胡斐隨後跟去。程靈素緊跟在胡斐之後。

只見苗人鳳推開廂房房門，房內居中一張白木桌子，桌上放著兩塊靈牌，一塊寫著「義兄遼東大俠胡公一刀之靈位」，另一塊寫著「義嫂胡夫人之靈位」。

胡斐望著這兩塊靈牌，手足冰冷，全身發顫。他早就疑心父母之喪，必與苗人鳳有重大關連，但見他爲人慷慨豪俠，一直盼望自己是疑心錯了。但此刻他竟直認不諱，可是他既說「我誤傷了一位好朋友」，神色語氣之間，又含著無限隱痛，何況家中一直供著靈位，稱自己父母爲「義兄」、「義嫂」，一霎時間，不知該當如何才好。

苗人鳳轉過身來，雙手負在背後，說道：「你既不肯說和胡大俠有何干連，我也不必追問。小兄弟，你答應過照顧我女兒的，這話可要記得。好吧，你要爲胡大俠報仇，便可動手！」

胡斐舉起單刀，停在半空，心想：「我只要用他適才教我『遲勝於急』之訣，緩緩落刀，他眼不見物，決計躲閃不了，那便報了殺父、殺母的大仇！」大聲說道：「苗大俠，多謝你教我武功，但我跟你有血海深仇，不共戴天！此刻你目不見物，我若殺你，非大丈夫所爲，但等你眼睛好了，只怕我又不是你對手了！」

然見苗人鳳臉色平和，既無傷心之色，亦無懼怕之意，反而隱隱有歡喜之情，胡斐這一刀如何砍得下去？突然間大叫一聲，轉身便走。程靈素追了出來，捧起那盆七心海棠，取了兩人的隨身包袱，隨後趕去。

胡斐一口氣狂奔了十來里路，突然撲翻在地，放聲痛哭。程靈素落後甚遠，隔了良久，這才奔到，見到他悲傷之情，知道此時無可勸慰，默默坐在他身旁，且讓他縱聲一哭，發洩心頭悲傷。

胡斐直哭到眼淚乾了，這才止聲，說道：「程姑娘，他殺死的便是我的爹爹、媽媽，雖然中間似乎另有隱情，但父母之仇不共戴天。」程靈素呆了半晌，道：「那咱們給他治眼，這事可錯了。」胡斐道：「治他眼睛，一點也不錯。待他眼睛好了，我再去找他報仇。」頓了一頓，說道：「但他武功遠勝於我，非得先把武藝練好了不可。」程靈素道：「他既用餵毒的兵刃傷你爹爹，咱們也可一報還一報。」

胡斐聽得她全心全意的護著自己，好生感激，但想到她要以厲害毒藥去對付苗人鳳，說也奇怪，反而不自禁的凜然生懼。

心中又想：「這姑娘聰明才智，勝我十倍，武功也自不弱，但整日和毒物為伍，總是……」他自己也不知「總是……」甚麼，心底只隱隱覺得對她未免無益，不由得生了關懷照顧之意。

盜黨中一個老者飛躍下馬，手持雷震擋奇形兵器，一語不發，便向徐錚臉上砸去。馬春花見丈夫抵敵不過，而自己兩隻手裏抱著一對雙生子，沒法上前相助，十分焦急。

第十二章　古怪的盜黨

胡斐大哭一場之後，胸間鬱悶悲痛發洩了不少，見天已黎明，曙光初現，正可趕路，收淚剛要站起，突然叫聲：「啊喲！」原來他心神激盪，從苗人鳳家中急衝而出，竟將隨身的包袱留下了，倘再回頭去取，此時實不願再和苗人鳳會面。

程靈素解下負在背上的胡斐包袱，問道：「你要回去拿包袱嗎？我給你帶著了。」胡斐喜道：「多謝你了。」程靈素道：「你包袱裏東西太多，背著撞得我背脊疼，剛才我打開來整理了一下，放得平整服貼些，匆匆忙忙的，別丟失了東西，那隻玉鳳凰可更加丟不得。」

胡斐給她說中心事，臉上一紅，說道：「幸虧你帶來了包袱，否則連今晚吃飯住店的銀子也沒了。最要緊的是我家傳的拳經刀譜，決計丟不得。」程靈素打開包袱，取出他那本拳經刀譜，淡淡的道：「可是這本？我給你好好收著。」

胡斐道：「你眞細心，甚麼都幫我照料著了。」程靈素道：「就可惜那隻玉鳳給我在路上丟了，眞過意不去。」胡斐見她臉色鄭重，不像說笑，心中一急，道：「我回頭找找去，說不定還能找到。」說著轉頭便走。程靈素忽道：「咦，這裏亮晃晃的是甚麼東西？」伸手到青草之中，拾起一物，瑩然生光，正是那隻玉鳳。

胡斐大喜，笑道：「你是女諸葛，小張良，小可甘拜下風。」程靈素道：「見了玉鳳凰，瞧你歡喜得甚麼似的。還給你吧！」將刀譜、玉鳳和包袱都還了給他，說道：「胡大哥，咱們後會有期。」

胡斐一怔，柔聲道：「你生氣了麼？」程靈素道：「我生甚麼氣？」但眼眶一紅，珠淚欲滴，忙轉過了頭去。胡斐道：「你……你去那裏？」程靈素道：「我不知道。」胡斐道：「怎麼不知道？」程靈素道：「我沒爹沒娘，師父又死了，又沒人送甚麼玉鳳凰、玉麒麟給我，我……我怎麼知道去那裏。」說到這裏，淚水終於流了下來。

胡斐自和她相識以來，見她心思細密，處處佔人上風，遇上任何難事，無不迎刃而解，但這時見她悄立曉風之中，殘月斜照，怯生生的背影微微聳動，不由得大生憐惜，說道：「我送你一程。」程靈素背著身子，拉衣角拭了拭眼淚，說道：「我又不去那裏，你送我做甚麼？你要我醫治苗大俠的眼睛，我已經給治好啦。」

胡斐要逗她高興，說道：「可是還有一件事沒做。」程靈素轉過身來，問道：「甚麼？」胡斐道：「我求你醫治苗大俠，你說也要叫我做一件事的。甚麼事啊，你還沒說呢。」程靈素究是個年輕姑娘，突然破涕爲笑，道：「你不提起，我倒忘了，這叫做自作孽，不可活。好，我要你幹甚麼，你都答允，是不是？」胡斐確是心甘情願的爲她無論做甚麼事，昂然道：「只要我力所能及，無不從命。」

程靈素伸出手來，道：「好，那隻玉鳳凰給了我。」胡斐一呆，大是爲難，但他終究言出必踐，當即將玉鳳遞了過去。程靈素不接，道：「我要來幹甚麼？我要你把它砸得稀爛。」

這一件事胡斐可萬萬下不了手，呆呆的怔在當地，瞧瞧程靈素，又瞧瞧手中玉鳳，不知如何是好，袁紫衣那俏麗嬌美的身形面龐，刹那間在心頭連轉了幾轉。

程靈素緩步走近，從他手裏接過玉鳳，給他放入懷中，微笑道：「從今以後，可別隨便答允人家甚麼。世上有許多事情，嘴裏雖答允了，卻是沒法辦到的呢。好吧，咱們可以走啦！」胡斐心頭悵惘，感到一股說不出的滋味，給她捧著那盆七心海棠，跟在後面。

行到午間，來到一座大鎮。胡斐道：「咱們找家飯店吃飯，然後去買兩頭牲口。」

話猶未了，只見一個身穿緞子長袍、商人模樣的中年漢子走上前來，抱拳說道：「這位是胡爺麼？」胡斐從未見過此人，還禮道：「不敢，在下倒是姓胡。請問貴姓，當眞是找小可嗎？」那人微笑道：「正是！小人奉主人之命，在此恭候多時，請往這邊用些粗點。」說著恭恭敬敬的引著二人來到一座酒樓。

酒樓中店伴也不待那人吩咐，立即擺上酒饌，說是粗點，卻是十分豐盛精致的酒席。胡斐和程靈素都感奇怪。見那商人坐在下首相陪，舉止恭謹，一句不提何人相請，二人也就不再問，隨意吃了些。

酒飯已罷，那商人道：「請兩位到這邊休息。」下得酒樓，便有從人牽了三匹大馬過來。三人上了馬，那商人在前引路，出市鎭行了五六里，到了一座大莊院前。垂楊繞宅，白牆烏門，氣派不小。門前站著六七名家丁，見了那商人，一齊垂手肅立。

那商人請胡斐和程靈素到大廳用茶，桌上擺滿果品細點。胡斐心想：「我若問他何以如此接待，他不到時候，定不肯說，且讓他弄足玄虛，我只隨機應變便了。」和程靈素隨意談論沿途風物景色，沒去理睬那人。那商人只恭敬相陪，對兩人的談論竟不插口半句。

用罷點心，那商人說道：「胡爺和這位姑娘旅途勞頓，請內室洗澡更衣。」胡斐心想：「聽他口氣，似不知程姑娘的來歷，如此更妙。他如果敢向毒手藥王的弟子下毒，正好自討苦吃。」隨著家丁走進內堂。另有僕婦前來侍候程靈素往後樓洗沐。

兩人稍加休息，又到大廳，你看我，我看你，見對方身上衣履都煥然一新。程靈素低聲笑道：「胡大哥，過新年嗎？打扮得這麼齊整。」胡斐見她臉上薄施脂粉，清秀之中微增嬌艷之色，竟似越看越美，渾不似初會時那麼肌膚黃瘦，黯無光采，笑道：「你可眞像新娘子一般呢。」程靈素臉上一紅，轉過了頭不理。胡斐暗悔失言，但偷眼相瞧，她臉上卻不見有何怒色，目光中只露出又頑皮、又羞怯的光芒。

這時廳上又已豐陳酒饌，那商人向胡斐敬了三杯酒，轉身入內，回出時手捧托盤，盤中放著個紅布包袱，打開包袱，裏面是一本泥金箋訂成的簿子，封皮上寫著「恭呈胡大爺印斐哂納」九字。他雙手捧著簿子呈給胡斐，說道：「小人奉主人之命，將這份薄禮呈交胡大爺。」

胡斐不接，問道：「貴主人是誰？何以贈禮小可？只怕是認錯了人。」那商人道：「錯不了的！敝上吩咐，不得提他名字，將來胡大爺自然知曉。」胡斐好生奇怪，接過錦簿，翻開一看，只見第一頁寫道：「上等水田四百一十五畝七分」，下面詳細註明田畝的四至和坐落，又註明佃戶爲誰，每年繳租穀幾石幾斗等等。

胡斐大奇，心想：「我要這四百多畝田幹甚麼？」再翻過第二頁，見寫道：「莊子一座，五進，計樓房十二間，平房五十三間。」下面以小字詳註莊子東南西北的四至，以及每間房子的名稱，花園、廳堂、廂房，以至灶披、柴房、馬厩等等，無不書寫明白。再翻下去，則是莊子中婢僕的名字，日用金銀、糧食、牲口、車轎、家具、衣著等等。胡斐翻閱一遍，大是迷惘，將簿子交給程靈素，道：「你看。」程靈素看了，也猜不透是甚麼用意，笑道：「胡大員外，恭喜發財！」

那商人道：「敝上說倉卒之間，措備不周，實不成敬意。」頓了一頓，說道：「待會小人陪胡大爺，到房舍各處去瞧瞧。」胡斐問道：「你貴姓？」那商人道：「小人姓張。這裏的田地房產，暫時由小人爲胡大爺經管。胡大爺瞧著有甚麼不合適，只須吩咐便是。小人做得不妥，胡大爺可請隨時換人。田地房屋的契據，都在這裏，請胡大爺收管。」說著又呈上許多文據。胡斐道：「你且收著。常言道：無功不受祿。如此厚禮，我未必能受呢。」那商人道：「胡大爺太謙了。敝上只說禮數太薄，著實過意不去。」

胡斐自幼闖蕩江湖，奇詭怪異之事，見聞頗不在少，但突然收到這樣一份厚禮，而送禮之人又避不見面，這種事卻從沒聽見過。看這姓張的步履舉止，決計不會武功，談吐中也毫無武林人物的氣息，瞧來他只是奉人之囑，不見得便知內情。

酒飯已罷，胡斐和程靈素到書房休息。但見書房中四壁圖書，几列楸枰，架陳瑤琴，甚是雅致。一名書僮送上清茶後退了出去，房中只留下二人。

程靈素笑道：「胡員外，想不到你在這兒做起老爺來啦。」胡斐想想，也不禁失笑，隨即皺眉，說道：「我瞧送禮之人，只怕不安好心，但實在猜不出這人是誰？如此做法有甚用意？」程靈素道：「會不會是苗人鳳？」胡斐搖頭道：「這人雖跟我有不共戴天的深仇，但我瞧他光明磊落，慷慨豪爽，決不會幹這等鬼鬼祟祟的勾當。」程靈素道：「你助他退敵，又請我給他治好眼睛，他便送你一份厚禮，一來道謝，二來盼望化解怨仇，恐怕倒是一番美意。」胡斐道：「姓胡的豈能瞧在這金銀田產份上，忘了父母大仇？不！苗人鳳不會如此小覷了我。」程靈素伸伸舌頭，道：「倒是我小覷了你啦。」

兩人商量了半日，瞧不出端倪，決意便在此住宿一宵，好歹也要探出點線索。到了晚間，胡斐在後堂大房中安睡，程靈素的閨房卻設在花園旁的樓上。胡斐一生之中從未住過如此富麗堂皇的屋宇，而這屋宇居然歸自己所有，更加匪夷所思。

他睡到初更時分，輕輕推窗躍出，竄到屋面，伏低身子四望，見西面後院中燈火未熄，展開輕身功夫，奔了過去。足鉤屋簷，一個「倒捲珠簾」，從窗縫中向內張望，見那姓張的滴滴篤篤的打著算盤，正自算帳，另一個老家人在旁相陪。那姓張的寫幾筆帳，便跟那家人說幾句話，說的都是工薪柴米等等瑣事。

胡斐聽了半天，全無頭緒，正要回身，忽聽得東邊屋面上一聲輕響。他翻身站直，手握刀柄，見來的卻是程靈素。她做個手勢，胡斐縱身過去。程靈素悄聲道：「我前前後後都瞧過了，沒半點蹊蹺。你看到甚麼沒有？」

胡斐搖了搖頭，再在窗縫中向內張望，見那姓張的從一隻大箱中取出一堆黃金元寶，足有六七十錠。他將金錠分批包好，再坐下書寫一張張泥金大紅紙箋，分別貼在金包之上，胡斐和程靈素遙遙望去，見紅箋上分別寫的是：「節禮恭呈制軍大人」、「節禮恭呈撫臺大人」、「節禮恭呈府臺大人」等等字樣。胡斐輕聲說道：「送禮之人結交大官，來頭著實不小。咱們明天細細再看，不忙揭穿他。」程靈素道：「是啊，要問是問不出甚麼來的。」

兩人分別回房，這一晚各自提防，反覆思量，都沒睡得安穩。

次晨起身，便有僮僕送上參湯、燕窩，跟著是麵餃點心，胡斐卻另有一壺狀元紅美酒。胡斐心想：「有程姑娘為伴，談談講講，倒也頗不寂寞。在這裏住著，說得上無憂無慮，快樂逍遙。」見程靈素稍施脂粉，容貌雖不算美，卻也頗覺俏麗，突然心中一動：「倘若我娶了她為妻，在這裏過些太平日子，那是一生中從未享過的福氣。袁姑娘雖比她可愛得多，但她不斷跟我作對，顯是鳳天南這大惡霸的一黨。況且第一，她未必肯嫁我。第二，就算嫁了我，整天打打殺殺、吵吵鬧鬧，而程姑娘卻對我那麼好，在一起有趣得多。只不過這裏的主人結交官府，顯非良善之輩，我胡斐難道貪圖財富安逸，竟與這等人同流合污，狼狽為奸？」

驀地轉念：「那姓鳳的惡霸殺了鍾阿四全家，我若不為鍾家伸此大冤，有何面目立於天地之間？」想到此處，胸間熱血沸騰，便向程靈素說道：「咱們這就動身了吧？」程靈素也不問他要到何處，答道：「好，這就動身。」

兩人回進臥室，換了舊時衣服。胡斐對那姓張的商人道：「我們走了！」說了這一句，拔步便走。那姓張的大是錯愕，道：「這……這……怎麼走得這般快？胡大……胡大爺，小人去備路上使費，您請等一會。」待他進去端了一大盤金錠銀錠出來，胡程二人早已遠去。

二人跨開大步，向北而行，中午時分到了一處市集，一打聽，才知昨晚住宿之處叫作義堂鎮。胡斐取出銀子買了兩匹馬，兩人並騎，一路談論昨日奇事。

程靈素道：「咱們白吃白喝，白住白宿，半點也沒損了甚麼。這麼說來，那主人似乎並沒安著歹心。」胡斐道：「我總覺這件事陰陽怪氣，很有點兒邪門。」程靈素笑道：「我倒盼這種邪門事兒多遇上些，一路上陰陽怪氣個不停。喂，胡大爺，你到底是去那裏啊？」胡斐道：「我要上北京。你也同去玩玩，好不好？」程靈素笑道：「好是沒甚麼不好，就只怕有些兒不便。」胡斐奇道：「甚麼不便？」程靈素笑道：「胡大爺去探訪那位贈玉鳳的姑娘，還得隨身帶個使喚丫鬟麼？」

胡斐正色說道：「不，我是去追殺一個仇人。此人武功雖不甚高，可是耳目衆多，狡獪多智，盼望程姑娘助我一臂之力。」於是將佛山鎮上鳳天南如何殺害鍾阿四全家、如何廟中避雨相遇、如何給他再度逃走等情一一說了。

程靈素聽他說到古廟邂逅、鳳天南黑夜兔脫的經過時，言語中有些不盡不實，問道：「那位贈玉鳳的姑娘也在古廟之中，是不是啊？」胡斐一怔，心想她聰明之極，反正我也沒做虧心之事，不用瞞她，於是索性連如何識得袁紫衣、她如何連奪三派掌門人之位、她如何救助鳳天南等情，也從頭至尾說了。

程靈素問道：「這位袁姑娘是個美人兒，是不是？」胡斐微微一怔，臉都紅了，說道：「算是很美吧。」程靈素道：「比我這醜丫頭好看得多，是不是？」

胡斐沒防到她竟會如此單刀直入的詢問，不由得頗是尷尬，道：「誰說你是醜丫頭了？袁姑娘比你大了幾歲，自然生得高大些。」程靈素一笑，說道：「我八歲的時候，拿媽媽的鏡子來玩。我姊姊說：『醜八怪，不用照啦！照來照去還是個醜八怪。』哼！我也不理她，你猜後來怎樣？」

胡斐心中一寒，暗想：「你可別把姊姊毒死了。」說道：「我不知道。」

程靈素聽他語音微顫，臉有異色，猜中了他心思，道：「你怕我毒死姊姊嗎？那時我還只八歲呢。嗯，不過第二天，家裏的鏡子通統不見啦。」胡斐道：「這倒奇了。」

程靈素道：「一點也不奇，都給我丟到了井裏。」頓了一頓，說道：「但我丟完了鏡子，隨即就明白了。生來是個醜丫頭，就算沒了鏡子，還是醜的。那井裏的水面，便是一面圓圓的鏡子，把我的模樣給照得清清楚楚。那時候啊，我眞想跳到井裏去死了。」說到這裏，突然舉起鞭子狂抽馬臀，向前急奔。

胡斐縱馬跟隨，兩人一口氣馳出十餘里路，程靈素才勒住馬頭。胡斐見她眼圈紅紅的，顯是適才哭過來著，不敢朝她多看，心想：「你雖沒袁姑娘美貌，但決不是醜丫頭。何況一個人品德第一，才智方是第二，相貌好不好乃是天生，何必因而傷心？你事事聰明，怎麼對此便這地看不開？」瞧著她瘦削的側影，心中大起憐意，說道：「我有一事相求，不知你肯不肯答允，不知我是否高攀得上？」

程靈素身子一震，顫聲道：「你……你說甚麼？」胡斐從她側後望去，見她耳根子和半邊臉頰全都紅了，說道：「你我都沒父母親人，我想跟你結拜爲兄妹，你說好麼？」程靈素的臉頰刹時間變爲蒼白，大聲笑道：「好啊，那有甚麼不好？我有這麼一位兄長，當眞是求之不得呢！」

胡斐聽她語氣中含有譏諷之意，不禁頗爲狼狽，說道：「我是一片眞心。」程靈素道：「我難道是假意？」說著跳下馬來，在路旁撮土爲香，雙膝一曲，便跪在地上。胡斐見她如此爽快，也跪在地上，向天拜了幾拜。兩人相對磕頭行禮。

程靈素道：「人人都說八拜之交，咱們得磕足八個頭……一、二、三、四、……

七、八……嗯，我做妹妹，多磕兩個。」果然多磕了兩個頭，這才站起。

胡斐見她言語行動之中，突然微帶狂態，自己也有些不自然起來，說道：「從今而後，我叫你二妹了。」程靈素道：「對，你是大哥。咱們怎麼不立下盟誓，說甚麼有福共享、有難同當？」胡斐道：「結義貴在心盟，說不說都是一樣。」程靈素道：「啊，原來如此。」說著躍上了馬背，這日直到黃昏，始終沒再跟胡斐說話。

傍晚二人到了安陸，剛馳馬進入市口，便有一名店小二走上來牽住馬頭，說道：「這位是胡大爺吧？請來小店歇馬。」胡斐奇道：「你怎知我姓胡？」店小二笑道：「小人在這兒等了半天啦。」在前引路，讓著二人進了一家房舍高敞的客店。上房卻只留了一間，於是又開了一間，茶水酒飯也不用吩咐，便流水價送將上來。胡斐問那店小二，是誰叫他這般侍候。那店小二笑道：「義堂鎮的胡大爺，誰還能不知道麼？」次晨結帳，掌櫃的連連打躬，說道早已付過了，只肯收胡斐給店伴的幾錢銀子賞錢。

一連幾日，都是如此。胡斐和程靈素雖都極有智計，但限於年紀閱歷，竟瞧不透這是那一門子江湖伎倆。

到第四日動身後，程靈素道：「大哥，我連日留心，咱們前後沒人跟隨，那必是有人在前途說了你的容貌服色，命人守候。咱們來個喬裝改扮，然後從旁察看，說不定便能得悉眞相。」胡斐喜道：「此計大妙。」

兩人在市上買了兩套衣衫鞋帽，行到郊外，在一處荒林之中改扮。程靈素用頭髮剪成假鬚，黏在胡斐唇上，將他扮成個四十來歲的中年漢子，自己穿上長衫，頭戴小帽，變成個瘦瘦小小的少年男子。兩人一看，相對大笑。到了前面市集，兩人更將坐騎換了驢子。胡斐將單刀包入包袱，再買了根旱煙管，吸了幾口，吞煙吐霧，這副神色，旁人便眼力再好，也決計認他不出。

這日傍晚到了廣水，見大道旁站著兩名店伴，伸長了脖子東張西望，胡斐知他們正在等候自己，不禁暗笑，逕去投店，掌櫃的見這二人模樣寒酸，招呼便懶洋洋地，給了他們兩間偏院房間。那兩名店伴直等到天黑，這才沒精打采的回店。胡斐叫了一人進來，跟他有一搭沒一搭的瞎扯，想從他口中探聽些消息。剛說得幾句閒話，忽然大道上馬蹄聲響，聽聲音不止一乘。那店伴喜道：「胡大爺來啦。」飛奔出店。

胡斐心道：「胡大爺早到啦，跟你說了這會子話，你還不知道。」當下走到大堂上去瞧熱鬧。只聽得人聲喧嘩，那店伴大聲道：「不是胡大爺，是鏢局子的達官爺。」跟著走進一個趟子手來，手捧鏢旗，在客店外的竹筒中一插。

胡斐看那鏢旗時，心中一愕，那鏢旗黃底黑線，繡著一匹背生雙翼的駿馬，當年在商家堡中曾見過這樣的鏢旗，認得是飛馬鏢局的旗號，心想這鏢局主人百勝神拳馬行空已在商家堡給燒死了，不知眼下何人充任鏢頭。那鏢旗殘舊褪色，已多年未換，那趟子手也年老衰邁，沒甚麼精神，看來飛馬鏢局近年來未見得怎生興旺。

跟著進來的鏢頭，卻是雄赳赳氣昂昂一條漢子，臉上無數小疤，胡斐認得他是馬行空的弟子徐錚。在他之後是個勁裝少婦，雙手各攜一個男孩，正是馬行空的女兒馬春花。胡斐和她相別數年，見她雖仍容色秀麗，卻已掩不住臉上的風霜憔悴。兩個男孩兒四歲左右，卻雪白可愛，兩人相貌一模一樣，顯是一對孿生兄弟。只聽一個男孩子道：「媽，我餓啦，要吃麵麵。」馬春花低頭道：「好，等爹洗了臉，大夥兒一起吃。」

胡斐心道：「原來他師兄妹已成了親，還生下兩個孩子。」當年他在商家堡時，少年人初識男女之事，見到馬春花容貌嬌美，身材豐滿，不由得意亂情迷，但這個姑娘也只在春夢之中偶一出現而已，其後他爲商老太所擒，給商寶震用鞭子抽打，馬春花曾出力求情，他心中感恩，此事常在心頭。今日他鄉邂逅，若不是他不願給人認出眞面目，早已上去相認道故了。

開客店的對鏢局子向來不敢得罪，雖見飛馬鏢局這單鏢只一輛鏢車，各人衣飾敝舊，料想沒多大油水，掌櫃的還是上前殷勤接待。

徐錚聽說沒了上房，眉頭一皺，正要發話，趟子手已從裏面打了個轉出來，說道：「朝南那兩間上房不明明空著嗎？怎地沒了？」掌櫃的陪笑說道：「達官爺見諒。這兩間房前天就有人定下了，已付了銀子，說好今晚要用。」

徐錚近年來時運不濟，走鏢常有失閃，一肚皮的委屈，聽了此言，伸手在帳枱上用力一拍，便要發作。馬春花忙拉拉他衣袖，說道：「算啦，胡亂住這麼一宵，也就是了。」徐錚還眞聽妻子的話，向掌櫃的狠狠瞪了一眼，走進了朝西的小房。馬春花拉著兩個孩子，低聲道：「這單鏢酬金這麼微薄，若不對付著使，還得虧本。不住上房，省幾錢銀子也好。」徐錚道：「話是不錯，但我就瞧著這些狗眼看人低的傢伙生氣。」

馬行空死後，徐錚和馬春花不久成婚，兩人接掌了飛馬鏢局。徐錚的武功威名固然不及師父，而他生性魯莽直率，江湖上的場面結交更施展不開，三四年中連碰了幾次釘子，每次均虧馬春花多方設法，才賠補彌縫了過去。這麼一來，飛馬鏢局的生意便一落千丈，大買賣是永不上門的了。這一次有個鹽商要送一筆銀子上北直隸保定府去，爲數只九千兩，託大鏢局帶嫌酬金貴，這才交了給飛馬鏢局。徐錚夫婦向來一同走鏢，馬春花以家中沒可靠的親人，放心不下孩子，便帶了一同出門，諒來這區區九千兩銀子，在路上也不會有甚風險。

胡斐向鏢車望了一眼，走到程靈素房中，說道：「二妹，這對鏢頭夫婦是我的老相識。」將商家堡中如何跟他們相遇的事簡略說了。

程靈素道：「你認不認他們？」胡斐道：「待明兒上了道，到荒僻無人之處，這才上前相認。」程靈素笑道：「荒僻無人之處？啊，那可了不得！他們不當你這小鬍子是劫鏢的強人才怪。」胡斐一笑，道：「這枝鏢不值得胡大寨主動手。程二寨主，你瞧如何？」程靈素笑道：「瞧那鏢頭身上無錢，甚是寒傖。你我兄弟盜亦有道，不免拍馬上前，送他幾錠金子便了。」胡斐哈哈一笑。他確有贈金之心，只是要盤算個妥善法兒，贈金之時須得不失了敬意，才不損人家面子。

兩人用過晚膳，胡斐回房就寢，睡到中夜，忽聽得屋面上喀的一聲輕響。他雖在睡夢之中，仍立即驚覺，翻身坐起，跨步下炕，聽得屋上共有二人。那二人輕輕一擊掌，逕從屋面躍落。胡斐站到窗口，心想：「這兩個人是甚麼來頭，竟如此大膽，旁若無人？」伸手指戳破窗紙，往外張望，見兩人都身穿長衫，手中不執兵刃，推開朝南一間上房的門，便走了進去，跟著火光一閃，點起燈來。

胡斐心想：「原來這兩人識得店主東，不是歹人。」回到炕上，忽聽得踢躂踢躂拖鞋皮響，店小二走到上房門口，大聲喝道：「是誰啊？怎地三更半夜的，也不走大門，就這麼竄了下來？」他口中呼喝，走進上房，一腳剛踏進，便「啊喲」一聲大叫，跟著砰的一響，又是「我的媽啊，打死人啦」叫了起來，原來給人摔了出來，結結實實的跌入了院子。

這麼一吵鬧，滿店的人全醒了。兩個長衫客中一人站在上房門口，大聲說道：「我們奉了鷄公山王大寨主之命，今晚踩盤子、劫鏢銀來著，找的是飛馬鏢局徐鏢頭。閒雜人等，事不干己，快快回房安睡，免得誤傷人命。」

徐錚和馬春花早就醒了，聽他如此叫陣，不由得又驚又怒，心想恁他多厲害的大盜，也決不能欺到客店中來，這廣水又不是小地方，這等無法無天，可就從沒見過。徐錚接口大聲道：「姓徐的便在這裏，兩位相好的留下萬兒。」

那人大笑道：「你把九千兩紋銀，一桿鏢旗，雙手奉送給大爺，也就是了，問大爺甚麼萬兒？咱們前頭見。」說著啪啪兩聲擊掌，兩人飛身上屋。

徐錚右手一揚，兩枝鋼鏢激射而上。後面那人回手一抄接住，跟著向下擲出，噹的一聲響，火星四濺，落在徐錚身前一尺之處，兩枝鏢都釘入了院子中的青石板裏，這一手勁力，徐錚就萬萬不能。只聽得兩人在屋頂哈哈大笑，跟著馬蹄聲響，向北而去。

店中店夥和住客待那兩個暴客遠去，這才七張八嘴的紛紛議論，有的說快些報官，有的勸徐錚繞道而行，有的說不如回家，不用保這趟鏢了。

徐錚默不作聲，拔起兩枝鋼鏢，回到房中。夫妻倆低聲商量，瞧這兩人武功不凡，該是武林中的成名人物，怎會瞧中這一枝小鏢？雖明知前途不吉，但一枝鏢出了門，規矩是有進無退，決不能打回頭，否則鏢局子就算是自己砸了招牌。徐錚氣憤憤的道：「黑道上朋友越來越欺侮人啦，往後去咱們這口飯還能吃麼？今日我拚著性命不要，也不能退縮。這兩個孩子……」馬春花道：「咱們跟黑道上的無冤無仇，最多不過是銀子的事，總還不致有人命干係，帶著孩子，那也無妨。」但在她心底，早已在深深後悔，實不該讓這兩個幼兒陪著自己冒此江湖風險。

胡斐和程靈素隔著窗子，一切瞧得清清楚楚，暗暗奇怪，覺得這一路而來，不可解之事甚多，喬裝改扮之後固避過了沒來由的接待，卻又遇上了飛馬鏢局這件奇事。

次日清晨，飛馬鏢局的鏢車一起行，胡斐和程靈素便不即不離的跟隨在後。徐錚見他二人跟蹤不捨，料他二人定爲盜黨，不時回頭怒目而視。胡程二人只裝作不見。中午打尖，胡程二人也和飛馬鏢局一處吃牛肉麵餅。

行到傍晚，離武勝關約有三十來里，只聽得馬蹄聲響，兩騎馬迎面飛馳而來。馬上乘客身穿灰布長袍，從鏢車旁一掠而過，直奔過胡程二人，這才靠攏並馳，縱聲長笑，聽聲音正是昨晚的兩個暴客。

胡斐道：「待得他們再從後面追上，不出幾里路，便要動手了。」話猶未畢，忽聽前面馬蹄聲響，又有兩乘馬從身旁掠過，馬上乘客身手矯健，顯是江湖人物。胡斐道：「奇怪，奇怪！」行不到一里路，又有兩乘馬迎面奔來，跟著又有兩乘馬。

徐錚見了這等大勢派，早把心橫了，不怒反笑，說道：「師妹，師父曾說，綠林中一等一的大寨，興師動衆劫那一等一的大鏢，才派到六個好手探盤子，今日居然一連派到八位高人，後面又有兩位陰魂不散的跟著，只怕咱們這路鏢保的不是紋銀九千兩，而是九百萬、九千萬兩！」

馬春花猜不透對方何以如此大張旗鼓，來對付這枝微不足道的小鏢，越是不懂，越是擔憂，對徐錚和趟子手道：「待會情勢不對，咱們帶了孩子逃命要緊。這九千兩銀子嘛，數目不大，總還能張羅著賠得起。」徐錚昂然道：「師父一世英名，便這麼送在我這個不成材的弟子手中嗎？」馬春花淒然道：「總得瞧孩子份上。今後咱兩口子耕田務農，吃一口苦飯，也不做這動刀子拚命的勾當啦。」

說到這裏，忽聽得身後蹄聲奔騰，回頭望去，塵土飛揚，那八乘馬一齊自後趕了上來。嗚的一聲長鳴，一枝響箭從頭頂飛過，跟著迎面也有八騎奔來。

胡斐道：「瞧這聲勢，這幫子人只怕是衝著咱們而來。」程靈素點頭道：「田歸農！」胡斐道：「咱們的改扮終究不成，還是給認出了。」

這時前面八乘、後面八乘一齊勒韁不動，將鏢局一行和胡程二人夾在中間。

徐錚翻身下馬，亮出單刀，抱拳道：「在下徐……」只說了三字，前面八乘中一個老者飛躍下馬，縱身而前，手持一件奇形兵刃，一語不發，便向徐錚臉上砸去。

胡斐和程靈素勒馬在旁，見那老者手中兵刃甚爲奇怪，前面一個橫條，彎曲如蛇，橫條後裝著丁字形的握手，那橫條兩端尖利，便似一柄變形的鶴嘴鋤模樣。胡斐不識此物，問程靈素道：「那是甚麼？」

程靈素還未回答，身後一名大盜笑道：「老小子，教你一個乖，這叫做雷震擋。」程靈素接口道：「雷震擋不跟閃電錐同使，功夫也就平常。」

那大盜一呆，不再作聲，斜眼打量程靈素，不禁驚詫這瘦小子居然知道閃電錐。原來老者是他師兄，這大盜自己所使的便是閃電錐。他二人的師父右手使閃電錐，左手使雷震擋，一攻一守，變化極盡奇妙。兩件兵刃一長一短，雙手共使時相輔相成，威力固然甚大，但也十分不易。他師兄弟二人各得師父一隻手的技藝，始終學不會兩件兵刃同使。他二人自幼便在塞外，初來中原未久，而他的閃電錐又藏在袖中，並未取出，不意竟給程靈素一語道破來歷。他那知程靈素的師父毒手藥王無嗔大師見聞廣博，平時常和這個最鍾愛的小弟子講述各家各派武功，因此她雖從未見過雷震擋，但一聽其名，便知尚有一把閃電錐。

但見那老者將兵刃使得轟轟發發，果有雷震之威。徐錚單刀上的功夫雖也不弱，但讓雷震擋裹住了，漸漸施展不開。

只聽得前後十五名大盜你一言，我一語，出言譏嘲：「甚麼飛馬鏢局？當年馬老鏢頭走鏢，才稱得上『飛馬』二字，到了姓徐的手裏，早該改稱狗爬鏢局啦！」「這小子學了兩手三腳貓，不在家裏抱娃娃，卻到外面來丟人現世。」「喂，姓徐的，快跪下來磕三個響頭，我們大哥便饒了你狗命。」「走鏢走得這麼寒蠢，連九千兩銀子也保，不如買塊豆腐來自己撞死了罷！」「神拳無敵馬老鏢頭當年赫赫威名，武林中無人不服，這膿包小子眞對不住師父。」「我瞧他夫人比他強上十倍，眞是武林中女俠的身份，當眞是一朵鮮花插在牛糞上！好教人瞧著生氣。」

胡斐聽了各人言語，心想這羣大盜對徐錚的底細摸得甚爲清楚，不但知道他一共保了多少鏢銀，還知他師承來歷，說話之中對徐錚固極盡尖酸刻薄，對馬春花和她過世的父親卻毫無得罪之處，甚至還顯得頗爲尊敬。胡斐雖不識雷震擋，但那老者功力不弱，出手既狠且準，卻一眼便知，不禁暗自奇怪：「這老頭兒雖不能說是江湖上的一流好手，但如此武功，必是個頗有身分的成名人物。瞧各人作爲，決非衝著這區區九千兩銀子而來。若是田歸農派人來跟我爲難，又何必費這麼大的勁兒去對付徐錚？」

馬春花雙手抱著兩個兒子，在旁瞧得焦急萬分，她早知丈夫不是人家對手，然自己上前相助，只不過多引一個敵人下場，於事絲毫無補，兩個兒子沒人照料，勢必落入盜衆手裏。眼睜睜的瞧著丈夫越來越不濟，突見那老者將蛇形兵器往前疾送，快速異常的圈轉回拉，徐錚單刀脫手，飛上半天，她「啊」的一聲叫了出來。

那老者左足橫掃，徐錚急躍避過。單刀從半空落將下來，盜衆中一人舉起長劍，往上一撩，一柄鋼刀登時斷爲兩截。那盜夥身手好快，長劍跟著右劈左削，又將尚未落地的兩截斷刀斬成四截。他手中所持固是極鋒利的寶劍，而出手之迅捷，更使人目爲之眩。羣盜齊聲喝采。

瞧這情勢，那裏是攔路劫鏢，實是對徐錚存心戲弄！單是這手持長劍的大盜一人，打敗徐錚夫婦便綽綽有餘，何況同夥共有一十六人，看來個個都是好手，人人笑傲自若，便如十六頭靈貓圍住了一隻小鼠，要戲耍個夠，才分而吞噬。

徐錚紅了雙眼，雙臂揮舞，招招是拚命的拳式，但那老者雷震擋的鐵柄長逾四尺，徐錚如何欺得近身去？數招之間，只聽得嗤的一聲響，雷震擋的尖端劃破了徐錚褲腳，大腿上鮮血長流，接著又是一聲，徐錚左臂中擋。那老者抬起右腿，將他踢翻在地，左腳踏住，冷笑道：「我也不要你性命，只要廢了你一對招子，罰你不生眼睛，太也胡塗。」徐錚又害怕，又憤怒，胸口氣爲之塞，說不出話來。

馬春花叫道：「衆位朋友，你們要鏢銀，拿去便是。我們跟各位往日無冤，近日無仇，何必趕盡殺絕？」那使劍的大盜笑道：「馬姑娘，你是好人，不必多管閒事。」

馬春花道：「甚麼多管閒事？他是我丈夫啊。」使雷震擋的老者道：「我們就是瞧著他太也不配，委屈了才貌雙全的馬姑娘，這才千里迢迢的趕來打這個抱不平。這件事非管不可！」胡斐和程靈素越聽越奇怪，均想：「這批大盜居然來管人家夫妻的家務事，還說甚麼打抱不平，當眞好笑。」兩人對望一眼，目光中均含笑意。

便在此時，那老者舉起雷震擋，擋尖對準徐錚右眼，戳了下去。馬春花大叫一聲，搶上相救，呼的一響，馬上一個盜夥手中花槍從空刺下，將她攔住。兩個小孩齊叫：「爸爸！」向徐錚身邊奔去。

突然間灰影晃動，那老者手腕酸麻，急忙翻擋迎敵，手裏驀然間輕了，原來手中兵刃竟已不知去向，驚怒中抬起頭來，只見那灰影躍上馬背，自己的獨門兵刃雷震擋卻已給他拿在手中舞弄，白光閃閃，轉成一個圓圈。

如此倏來倏去，一瞬之間下馬上馬，空手奪了他雷震擋的，正是胡斐！

衆盜相顧駭然，頃刻間寂靜無聲，竟沒一人說話，人人均爲眼前之事驚得呆了。過了半晌，各人才紛紛呼喝，舉刀挺杖，奔向胡斐。

胡斐大聲叫道：「是線上的合字兒嗎？風緊，扯呼，老窯裏來了花門的，三刀兔兒爺換著走，咱們鬍子上開洞，財神菩薩上山！」羣盜又是一怔，聽他說的黑話不像黑話，不知瞎扯些甚麼。

那雷震擋遭奪的老者怒道：「朋友，你是那一路的，來攪這淌渾水幹麼？」胡斐道：「兄弟專做沒本錢買賣，好容易跟上了飛馬鏢局的九千兩銀子，沒想到半路裏殺出來十六位程咬金。各位要分一份，這不叫人心疼麼？」那老者冷笑道：「哼，朋友別裝蒜啦，乘早留下個萬兒來是正經。」

徐錚於千鈞一髮之際逃得了性命，摟住了兩個孩子。馬春花站在他身旁，睜著一雙大眼盯住胡斐，一時之間還不明白眼前到底發生了何事。她只道胡斐和程靈素也必都是盜夥一路，那知他卻和那老者爭了起來。

只見胡斐伸手一抹上唇的小鬍子，咬著煙袋，說道：「好，我跟老兄實說了罷。神拳無敵馬行空是我師弟，師姪的事兒，老人家不能不管。」

胡斐此語一出，馬春花吃了一驚，心想：「那裏出來了這樣一個師伯？我從沒聽爹爹說過，而且這人年紀比爹爹輕得多，那能是師伯？」

程靈素在一旁見他裝腔作勢，忍不住要笑出聲來，但見他大敵當前，身在重圍，仍能漫不在意的言笑自若，卻也不禁佩服他膽色。

那老者將信將疑，哼的一聲，說道：「尊駕是馬老鏢頭的師兄？年歲不像啊，我們也沒聽說馬老鏢頭有甚麼師兄。」胡斐道：「我門中只管入門先後，不管年紀大小。馬行空是甚麼大人物了，還用得著冒充他師兄麼？」

先入師門為尊的規矩，武林中許多門派原都是有的。那老者向馬春花望了一眼，察看她臉色，轉頭又問胡斐道：「沒請教尊駕的萬兒。」胡斐抬頭向天，說道：「我師弟叫神拳無敵馬行空，區區在下便叫歪拳有敵牛耕田。」羣盜一聽，盡皆大笑。

這一句話明顯是欺人的假話，那老者只因他空手奪了自己兵刃，才跟他對答了這一陣子話，否則早就出手了。他性子本就躁急，聽到「牛耕田」這三字，再也忍耐不住，虎吼一聲，便向胡斐撲來。胡斐勒馬閃開，雷震擋晃動，那老者手中倏地多了一物，舉手看時，卻不是雷震擋是甚麼？物歸原主，他本該歡喜，然而這兵刃並非自己奪回，卻是對方塞入自己手中，瞧也沒瞧明白，莫名其妙的便得回了兵刃。

眾盜齊聲喝采，叫道：「褚大哥好本事！」都道是他以空手入白刃的功夫搶回。這姓褚的老者卻自知滿不是那回事，當眞啞子吃黃連，說不出的苦。他微微一怔，問道：「尊駕揷手管這檔子事，到底爲了甚麼？」言語中多了三分禮敬。

胡斐道：「老兄倒先說說，我這兩個師姪好好一對夫妻，各位幹麼要來打抱不平？」那老者道：「多管閒事，於尊駕無益。我好言相勸，還是各行各路罷！」眾盜均感詫異：「褚大哥平日多麼霹靂火爆的性兒，今日居然這般沉得住氣。」

胡斐笑道：「老兄這話再對也沒有了，多管閒事無益。咱們大夥兒各行各路。請啊，請啊！」那老者退後三步，喝道：「你旣不聽良言，咱們雖無冤無仇，在下迫得要領教高招！」說著雷震擋一舉，護住了胸口。

胡斐道：「單打獨鬥，有甚麼味道？可是人太多了，亂糟糟的也不大方便。這樣吧，我牛耕田一人，鬥鬥你們三位。」說著提旱煙管向那使長劍的一指，又向那老者的師弟一指。

那使劍的相貌英挺，神情傲慢，仰天笑道：「老小子好狂妄！」那姓褚的老者卻知一對一跟胡斐動手，也真沒把握，說道：「聶賢弟，上官師弟，他自己找死，咱三個便一齊陪他玩玩。」那姓聶的卻不願，說道：「這老小子怎能是褚大哥對手？要不，你師兄弟出馬，讓大夥兒瞻仰塞外『雷電交作』的絕技！」羣盜轟然叫好。

胡斐搖頭道：「年紀輕輕，便這般膽小，見不得大陣仗，可惜啊，可笑。」

那姓聶的長眉一挑，躍下馬來，低聲道：「褚大哥請讓一步，小弟獨自來教訓教訓這狂徒。」胡斐道：「你要教訓我歪拳有敵牛耕田，那也成。可是咱哥兒倆話說在先，倘若我牛耕田輸了，你要宰要殺，自然任憑處置。不過要是小兄弟你有一個失閃，那便如何？」那姓聶的冷笑道：「那是你痴心妄想。」胡斐笑道：「說不定老天爺保佑，小兄弟你竟有個三長兩短，七葷八素，那便如何？」那姓聶的喝道：「誰跟你胡說八道？如我輸了，也任憑你老小子處置便是。」

胡斐道：「任憑我老小子處置，那可不敢當。常言道得好：清官難斷家務事。便請各位寬宏大量，各人自掃門前雪，這個抱不平，咱們就都別打了吧！好不好？」那姓聶的好不耐煩，長劍一擺，閃起一道寒光，喝道：「便是這樣！」

胡斐目光橫掃衆盜，說道：「這位聶家小兄弟的話，作不作準？倘若他輸了，你們各位大爺還打不打抱不平？」

程靈素聽到這裏，再也忍耐不住，終於嗤的一聲笑了出來，心想他自己小小年紀，居然口口聲聲叫人家「小兄弟」，別人爲了「鮮花插在牛糞上」，因而興師動衆的來打抱不平，此事已十分好笑，而他橫加插手，又不許人家打抱不平，更屬匪夷所思。

盜衆素知那姓聶的劍術精奇，手中那口寶劍更削鐵如泥，出手鬥這鄉下土老兒小鬍子，定是有勝無敗。衆人此行原本嘻嘻哈哈，當作一件有趣玩鬧，途中多生事端，正求之不得，紛紛說道：「你小鬍子倘若贏了一招半式，咱們大夥兒拍屁股便走，這個抱不平是準定不打的了！」胡斐道：「就是這麼辦，這抱不平打不打得成，得瞧我小鬍子的玩藝兒行不行。看招！」猛地舉起旱煙管，往自己頸後衣領中一插，躍下馬來，一個踉蹌，險些摔倒。

衆人聽他一聲喝：「看招！」又見他舉起煙管，姿式儼然，都道他要以煙管當作兵器，打向對手，那知他呼的一聲，竟將煙管插入自己頸後領口，又見他下馬的身法如此笨拙狼狽，旁觀的十五個大盜之中，倒有十二三人笑了出來。

那姓聶的喝道：「你用甚麼兵刃，亮出來吧！」胡斐道：「黃牛耕田，得用犁耙！褚大寨主，你手裏這件傢伙倒像個犁耙，借來使使！」說著伸手出去，向那姓褚的老者借那雷震擋。

那老者見了他也真大為忌憚，倒退兩步，怒道：「不借！諒你也不會使！」胡斐右手手掌朝天，始終擺著個乞討的手勢，又道：「借一借何妨？」突然伸臂搭出，那老者舉擋欲架，不知怎的，手中忽空，那雷震擋竟又已到了對方手中。

那老者一驚非小，倒竄出一丈開外，臉上肌肉抽搐，如見鬼魅。

胡斐這路空手奪人兵刃的功夫，是他遠祖飛天狐狸潛心鑽研出來的絕技。當年飛天狐狸輔佐闖王李自成起兵打天下，憑著這手本領，不知奪過多少英雄好漢手中的兵器，當眞來無影，去無蹤，神出鬼沒，詭秘無比，「飛天狐狸」那四字外號，一半也是由此而來。

那姓聶壯漢見胡斐手中有了兵器，提劍便往他後心刺來。胡斐斜身閃開，回了一擋，跟著自左側搶上，雷震擋迴掠橫刺。

姓褚的老者只瞧得張大了口，合不攏來，但見胡斐所使的招數，竟是他師父親授的「六十四路轟天雷震擋法」，一模一樣，全無二致。他那姓上官的師弟更加詫異，明明聽得胡斐連雷震擋的名字也不識，使出來的擋法，卻和師哥全然相同。他二人那想得到胡斐武功根柢既好，人又聰明，瞧了那姓褚老者與徐錚打鬥，早將招數記在心中。何況他所使招數雖然形似，其中用勁和變化的諸般法門，卻絕不相干。

那姓聶的這時再也不敢輕慢，劍走輕靈，身手便捷。胡斐所使兵刃全不順手，兼之有意眩人耳目，招招依著那姓褚老者的武功法門而使，更加多了一層拘束，但見敵人長劍施展開來，寒光閃閃，劍法實非凡俗。他舞擋拆架，心下尋思：「這十六人看來都是硬手，若一擁而上，我和二妹縱能脫身，徐錚一家四口必定糟糕，只有打敗了這人，擠兌得他們不能動手，方是上策。」突見對手長劍下沉，暗叫不妙，待想如何變招，噹的一聲，雷震擋的一端已讓利劍削去。

盜衆眼見胡斐舉止邪門，本來心中均自嘀咕，忽見那姓聶的得利，齊聲歡呼。姓聶的精神一振，步步進逼。胡斐從褚姓老者那裏學得的幾招擋法，堪堪已經用完，心想再打下去馬腳便露，見雷震擋給削去一端，心念一動，迴擋斜砸，敵人長劍圈轉，噹的一聲響，另一端也削去了。

胡斐叫道：「好，你毀了褚大爺的成名兵刃，太不夠朋友啦！」

姓聶的一怔，心想這話倒也有理。突然噹的又是一響，胡斐竟將半截擋柄砸到他劍鋒上去，手中只餘下尺來長的一小截，又聽他叫道：「會使雷震擋，不使閃電錐，武功不免稀鬆平常。」說著將一小截擋柄遞出，便如破甲錐般使了出來。

姓上官的大盜先聽他說閃電錐，不由得一驚，但瞧了他幾路錐法，橫戳直刺，全不是那一回事，這才放心，大聲笑道：「這算那一門子的閃電錐？」胡斐道：「你學的不對，我的才對。」說著連刺急戳。其實他除單刀之外，甚麼兵器都不會使，這閃電錐只裝模作樣，擺個門面，所用作攻守者全在一隻左手，近身而搏，左手勾打鎖拿，當眞是「一寸短，一寸險」。

那姓聶的手中雖有利劍，竟給他攻得連連倒退，猛地裏「啊」的一聲大叫，兩人同時向後躍開。只見胡斐身前晶光閃耀，那口寶劍已到了他手裏。

胡斐左膝跪倒，從大道旁抓起一塊二十來斤的大石，右手持劍，劍尖抵地，劍身橫斜，左手高舉大石，笑道：「這口寶劍鋒利得緊，我來砸它幾下，瞧是砸得斷，砸不斷？」說著作勢便要將大石往劍身上砸去。縱是天下最鋒利的利劍，用大石砸在它平板的劍身上，也非一砸即斷不可。那姓聶的對這口寶劍愛如性命，見了這般慘狀，登時嚇得臉色蒼白，顫聲叫道：「老兄請住手……在下認輸便是了。」

胡斐道：「我瞧這口好劍，未必一砸便斷。」說著又將大石一舉。那姓聶的叫道：「尊駕倘若喜歡，拿去便是，別損傷了寶物。」

胡斐心想此人倒眞是個情種，寧可劍入敵手也不願劍毀，不再嬉笑，雙手橫捧寶劍，送到他身前，躬身說道：「小弟無禮，多有得罪。這裏賠禮了！」神態謙恭。

那人大出意外，只道胡斐縱不毀劍，也必取去，要知如此利刃，當世罕見，有此寶劍，平添了一倍功夫，武林中人有誰不愛？何況他如此有禮，忙伸雙手接過，躬身道：「多謝，多謝！」惶恐之中，掩不住滿臉喜出望外之情。

胡斐知夜長夢多，不能再躭，翻身上馬，彎腰向羣盜拱手道：「承蒙各位高抬貴手，兄弟這裏謝過。」這句話說得甚是誠懇。他向徐錚和馬春花叫道：「走吧！」徐錚夫婦驚魂未定，趕著鏢車，縱馬便走。胡斐和程靈素在後押隊，沒再向後多望一眼，以免又生事端，耳聽得羣盜低聲議論，卻不縱馬來追。

四人一口氣馳出七八里，始終不見有盜夥追來。

徐錚勒住馬頭，說道：「尊駕出手相救，在下甚是感激，卻何以要冒充在下的師伯？」胡斐聽他語氣中甚有怪責之意，微笑道：「順口說說而已，兄弟不要見怪。」徐錚道：「尊駕貼上這兩撇鬍子，逢人便叫兄弟，也未免把天下人都瞧小了。」胡斐一愕，沒想到這個莽撞之人，竟會瞧得出來。程靈素低聲道：「定是他妻子瞧出了破綻。」胡斐略一點頭，凝視馬春花，心想她瞧出我鬍子是假裝，卻不知是否認出了我是誰。

徐錚見了他這副神情，只道自己妻子生得美麗，胡斐途中緊緊跟隨，早便不懷好意。他遭盜黨戲弄侮辱了個夠，已存必死之意，心神失常，放眼但覺人人是敵，大聲喝道：「閣下武藝高強，你要殺我，這便上吧！」說著一彎腰，從趟子手的腰間拔出單刀，立馬橫刀。

向著胡斐凜然傲視。胡斐不明他心意，欲待解釋，背後馬蹄聲急，一騎快馬急奔而至。這匹馬雖無袁紫衣那白馬的神駿，卻也是罕見的快馬，片刻間便從鏢隊旁掠過。胡斐一瞥之下，認得馬上乘客便是十六盜夥之一，心想這批江湖人物言明已罷手不再打抱不平，這些人武功不弱，自當言而有信，當已作罷，見徐錚神氣不善，不必跟他多有糾纏，便欲乘機離去。

程靈素道：「咱們走吧，犯不著多管閒事，打抱不平。」豈知「多管閒事，打抱不平」這八字，正觸動徐錚的忌諱，他眼中如要噴出火來，便要縱馬上前相拚。馬春花急叫：「師哥，你又犯胡塗啦！」徐錚一呆。

程靈素一提馬韁，跟著伸馬鞭在胡斐的坐騎臀上抽了一鞭，兩匹馬向北急馳而去。胡斐回頭叫道：「馬姑娘，可記得商家堡麼？」馬春花斗然間滿臉通紅，喃喃道：「商家堡，商家堡！我怎能不記得？」她心搖神馳，思念往事，但腦海中半分也沒出現胡斐的影子。她是在想著另外一個人，那個華貴溫雅的公子爺……

胡程二人縱馬奔出三四里，程靈素道：「大哥，打抱不平的又追上來啦。」胡斐也早已聽到來路上馬蹄雜沓，共有十餘騎之多，說道：「當眞動手，咱們寡不敵衆，又不知這批人是甚麼來頭。」程靈素道：「我瞧這些人未必便眞是強盜。」胡斐點頭道：「這中間古怪很多，一時可想不明白。」

這時一陣西風吹來，來路上傳來一陣金刃相交之聲。胡斐驚道：「給追上了。」程靈素道：「瞧那些人的舉動，那位馬姑娘決計無礙，他們也不會傷那徐爺的性命，不過苦頭是免不了要吃的了。」胡斐竭力思索，皺眉道：「我可眞不明白。」

忽聽得馬蹄聲響，斜刺往西北角馳去，走的卻不是大道，同時隱隱又傳來一個女子的呼喝之聲。

胡斐縱馬上了道旁一座小丘，縱目遙望，只見兩名盜夥各乘快馬，手臂中都抱著一個孩子。馬春花徒步追趕，頭髮散亂，似乎在喊：「還我孩子，還我孩子！」隔得遠了，聽不清楚。那兩個盜黨兵刃一舉，忽地分向左右馳開。馬春花登時呆了，兩個孩子一般的都是心頭之肉，不知該向那一個追趕才是。

胡斐瞧得大怒，心想：「這些人可眞無惡不作。」叫道：「二妹，快來！」明知寡不敵衆，倘若揷手，此事甚爲凶險，但眼見這等不平之事，總不能置之不理，何況心中隱隱藏有當年對馬春花的一番情意，當即縱馬追上。但相隔遠了，待追到馬春花身邊，兩個大盜早已抱著孩子不知去向。見馬春花呆呆站著，卻不哭泣。

胡斐叫道：「馬姑娘別著急，我定當助你奪回孩子。」其實這時「馬姑娘」早已成了「徐夫人」，但在胡斐心中，一直便是「馬姑娘」，脫口而出，全沒想到改口。

馬春花聽了此言，精神一振，便要跪將下去。胡斐忙道：「請勿多禮，徐兄呢？」馬春花道：「我追趕孩子，他在那邊給人纏住了。」

程靈素馳馬奔到胡斐身邊，說道：「北面又有敵人。」胡斐向北望去，果見塵土飛揚，又有八九騎奔來。胡斐道：「敵人騎的都是好馬，咱們逃不遠，得找個地方躲一躲。」遊目四顧，一片空曠，並無藏身之處，只西北角上有一叢小樹林。

程靈素馬鞭一指，叫道：「去那邊。」向馬春花道：「上馬呀！」馬春花道：「多謝姑娘！」躍上馬背，坐在她身後。程靈素笑道：「你眼光眞好，危急中還瞧得出我是女扮男裝。」三人兩騎，向樹林奔去。只奔出里許，盜黨便已發覺，只聽得聲聲唿哨，南邊十餘騎，北邊八九騎，兩頭圍了上來。

胡斐一馬當先，搶入樹林，見林後共有六七間小屋，心想再向前逃，非給追上不可，只有在屋中暫避。奔到屋前，見中間是座較大的石屋，兩側的都是茅舍。他伸手推開石屋的板門，裏面一個老婦人臥病在床，見到胡斐時驚得說不出話來，只「啊，啊」低叫。

程靈素見那些茅舍一間間都柴扉緊閉，四壁又無窗孔，看來不是人居之所，踢開板門，見屋中堆滿了硬柴稻草，另一間卻堆了許多石頭。原來這些屋子是石灰窯貯積石灰石和柴草之處。程靈素取出火摺，打著了火，往兩側茅舍上一點，拉著馬春花進了石屋，關上了門，又上了門閂。

這幾間茅舍離石屋約有三四丈遠，柴草著火之後，人在石屋中雖然熾熱，但可將敵人擋得一時，同時石屋旁的茅舍盡數燒光，敵人無藏身之處，要進攻便較不易。

馬春花見她是個少女，卻能當機立斷，一見茅舍，毫不思索的便放上了火，自己卻要待進了石屋之後，想了一會，方始明白她用意，讚道：「姑娘！你好聰明！」

茅舍火頭方起，盜眾已紛紛馳入樹林，馬匹見了火光，不敢奔近，四周團團站定。

馬春花進了石屋，驚魂略定，卻懸念兒子落入盜手，不知此刻是死是活。她雖是著名拳師之女，自幼便隨父闖蕩江湖，不知經歷過多少風險，但愛兒遭擄，不由得珠淚盈眶。她伸袖拭了拭眼淚，向程靈素道：「妹子，你和我素不相識，何以犯險相救？」

這一句也眞該問，這批大盜顯然個個武藝高強，人數又衆，便是她父親神拳無敵馬行空親自遇上了，也決抵敵不住。這兩人無親無故，竟將這樁事毫沒來由的拉在自己身上，豈不是白白賠上性命？至於胡斐自稱「歪拳有敵牛耕田」，她自知是戲弄羣盜之言。她父親的武功是祖父所傳，並無同門師兄弟。

程靈素微微一笑，指著胡斐的背，說道：「你不認得他麼？他卻認得你呢。」

胡斐正從石屋窗孔中向外張望，聽得程靈素的話，回頭一笑，隨即轉身伸手，從窗孔中接了一枝鋼鏢、一枝甩手箭進來，拋在地下，說道：「咱們沒帶暗器，只好借用人家的了。一、二、三、四……五、六……這裏南邊共有六人。」轉到另一邊窗孔中張望，說道：「一、二、三……北邊七人，可惜東西兩面瞧不見。」

回頭向屋中一望，見屋角砌著一隻石灶，心念一動，拿起灶上鐵鍋，右手握住鍋耳，左手拿了鍋蓋，突然從窗孔中探身出去，向東瞧了一會，又向西瞧了一會。這麼一來，他上半身盡已露在敵人暗器的襲擊之下，但那鐵鍋和鍋蓋便似兩面盾牌，護住了左右。只聽得叮叮噹噹、的的篤篤一陣響，他縮身進窗，哈哈大笑。只見鍋蓋上釘著四五件暗器，鐵鍋中卻又抄著五六件，甚麼鐵蓮子、袖箭、飛錐、喪門釘等都有。那鍋口已缺了一大塊，卻是給一塊飛蝗石打的。

胡斐說道：「前後左右，一共是二十一人。我沒瞧見徐兄和兩個孩子，推想起來，尚有二人分身對付徐兄，有兩人抱著孩子，對方共是二十五人了。」程靈素道：「二十五人若是平庸之輩，自不足爲患，可是這一批……」胡斐道：「二妹，你可知那使雷震擋的是甚麼來頭？」

程靈素道：「我聽師父說起過有這麼一路外門兵器，說道擅使雷震擋、閃電錐的，是塞北白家堡一派。可是那使寶劍的這人，劍術明明是浙東的祁家劍。兩個塞北，一個浙東，嗯，大哥，你聽出了他們的口音麼？」馬春花接口道：「是啊，有的是廣東口音，還有湖南、湖北的，也有山東、山西的。」程靈素道：「天下決沒這麼一羣盜夥，會合了四面八方這許多好手，來搶劫區區九千兩銀子。」馬春花聽到「區區九千兩銀子」

一句話，臉上微微一紅。飛馬鏢局開設以來，的確從沒承保過這樣一枝小鏢。

胡斐道：「咱們須得先查明敵人的來意，到底是衝著咱兄妹而來呢，還是衝著馬姑娘而來。」他初時見了敵人這般聲勢，只道定是田歸農一路，但盜夥的所作所為，卻處處針對著徐錚、馬春花夫婦，顯然跟苗人鳳、田歸農一事全然無關。

馬春花道：「那自然是衝著飛馬鏢局。這位大哥貴姓？請恕小妹眼拙。」胡斐伸手撕下唇上黏著的鬍子，笑道：「馬姑娘，你不認得我了麼？」馬春花望著他那張壯健之中微帶稚氣的臉，看來年紀甚輕，卻想不起曾在那裏見過。

胡斐笑道：「商少爺，請你去放了阿斐，別再難為他了。」馬春花一怔，櫻口微張，卻無話說。胡斐又道：「阿斐給你吊著，多可憐的，你先去放了他，好不好？」

當年胡斐在商家堡給商寶震吊打，甚為慘酷，馬春花瞧得不忍，懇求釋放。商寶震對她鍾情，雖惱恨胡斐，卻也允其所請，但要握一握她的手為酬，馬春花也就答允。雖其時胡斐已自脫綑縛，但馬春花為他求情之言卻句句聽得明白，當時小小的心靈之中，便存著一份深深感激，直到此刻，這份感激仍沒消減半分。而這個姑娘，又是自己曾暗中仰慕而她並不知情的。為了報答當年那兩句求情之言，他便送了自己性命，也所甘願。今日身處險地，心中反而高興，只因當年受苦最深之時，曾有一位姑娘出言為他求情，到這時候，自己竟能在這位姑娘危難之際來盡心報答。

馬春花聽了那兩句話，飛霞撲面，叫道：「啊，你是阿斐，商家堡中的阿斐！」頓了一頓，又道：「你是胡大俠胡一刀的公子，胡斐胡兄弟。」

胡斐微笑著點了點頭，但聽她提到自己父親，想起了幼年之事，心中不禁一酸。

馬春花道：「胡兄弟你……你……須得救我那兩個孩子。」胡斐道：「小弟自當竭力。」略一側身，道：「這是小弟的結義妹子，程靈素姑娘。」

馬春花剛叫了一聲「程姑娘」，突然砰的一聲大響，石屋的板門給甚麼巨物力撞，屋頂泥灰撲簌簌直落。好在板門堅厚，門閂粗大，沒給撞開。

胡斐在窗孔中向外張去，見四個大盜騎在馬上，用繩索拖了一段樹幹，遠遠馳來，奔到離門丈許之處，四人同時放手一送，樹幹便砰的一聲，又撞在門上。

胡斐心想：「大門若給撞開了，盜眾一擁而入，可抵擋不住。」當下手中暗扣一枚喪門釘，一枚甩手箭，待那四名大盜縱馬遠去後回頭又來，大聲喝道：「老小子手下留情，射馬不射人。」

眼看四騎馬奔到三四丈開外，他右手連揚，兩枚暗器電射而出，呼呼兩響，分別釘入當先兩匹馬的頂門正中。兩匹馬叫也沒叫一聲，立時倒斃。馬背上的兩名大盜翻滾下鞍。後面兩乘馬給樹幹一絆，跟著摔倒。馬上乘客縱身躍起，沒給壓著。

旁觀的盜眾齊聲驚呼，奔上察看，見兩枚暗器深入馬腦，射入處只餘一孔，連箭尾也沒留在外面，這股手勁當眞罕見罕聞。羣盜都是好手，均知那小鬍子確是手下留情，這兩件暗器只要打中頭胸腹任何一處，那裏還有命在？羣盜一愕之下，唿哨連連，退到了十餘丈外，直至對方暗器決計打不到的處所，才聚在一起，低聲商議。

胡斐適才出其不意的忽發暗器，如對準了人身，羣盜中至少也得死傷三四人，局勢自可和緩，但胡斐不明對方來歷，不願貿然殺傷人命，以至結下了不可解的深仇，何況馬春花二子落入敵手，徐錚下落不明，雙方若能善罷，自是上策。羣盜一退，胡斐回過身來，見板門已給撞出了一條大裂縫，心想再撞得兩下，便無法阻敵攻入了。

馬春花道：「胡兄弟，程家妹子，你們說怎麼辦？」胡斐皺眉道：「這些盜夥你一個也不認識麼？」馬春花搖頭道：「不識。」胡斐道：「若說是令尊當年結下的仇家，他們言語之中，對令尊卻甚敬重。如有意跟你爲難，因而擄去兩個孩子，一來你一個人也不識，二來他們對你並沒半句不敬的言語。對徐大哥嘛，他們的確十分無禮，但要跟徐大哥過不去，可不用這般興師動衆啊。」

馬春花道：「不錯。盜衆之中，不論那一個，武功都遠勝我師哥。只要有一二人出馬，便足夠了。」胡斐點頭道：「事情的確古怪，但馬姑娘也不用太過躭心，瞧他們的作爲，並無傷人之意，倒似在跟徐大哥開玩笑似的。」馬春花想到「一朶鮮花揷在牛糞上」、「打抱不平」這些話，臉上又是一紅。

兩人在這邊商議，程靈素已慰撫了石屋中的老婦，在鐵鍋中煮起飯來。

三人飽餐了一頓，從窗孔中望出去，見羣盜來去忙碌，不知在幹些甚麼，因讓樹木擋住了，瞧不淸行動。

胡斐和程靈素低聲談論了一陣，都覺難以索解。程靈素道：「這事跟義堂鎭上的胡大財主可有干連麼？」胡斐道：「我是一點也不知。」頓了一頓，說道：「與其老是悶在葫蘆裏，我們還不如現出眞面目來，倘若兩事有甚干連，我們也好打定主意應付，免得馬姑娘的丈夫和兒子受這無妄之災。」程靈素點了點頭。

胡斐黏上了小鬍子，與程靈素兩人走到門邊，打開了大門。羣盜見有人出來，怕他們突圍，十餘乘馬四下散開，逼近屋前。

胡斐叫道：「各位倘是衝著我姓胡的而來，我胡斐和義妹程靈素便在此處，不須牽連旁人！」說著啪的一聲，把煙管一折兩段，扯下唇上的小鬍子，將臉上化裝盡數抹去。程靈素也摘下了小帽，散開青絲，露出女孩兒家的面目。

羣盜臉上均現驚異之色，萬沒想到此人武功如此了得，竟是個二十歲未滿的少年。而他的同伴，更是個年輕姑娘。羣盜你望我，我望你，一時打不定主意。

突然一人越衆而出，面白身高，三十五六歲年紀，正是那使劍的姓聶大盜。他向胡斐一抱拳，說道：「尊駕還劍之德，在下沒齒不忘。我們的事跟兩位絕無關連，兩位儘管請便，在下在這兒恭送。」說著翻身下馬，在馬臀上輕輕一拍，那馬走到胡斐跟前停住，看來這大盜是連坐騎也奉送了。

胡斐抱拳還禮，說道：「馬姑娘呢？你們答允了不打這抱不平的。」那姓聶的道：「抱不平是不敢打了。我兄弟們只邀請馬姑娘北上一行，決不敢損傷馬姑娘分毫。」

胡斐笑道：「倘若眞是好意邀客，何必如此大動干戈？」轉頭叫道：「馬姑娘，人家邀你去作客，你去是不去？」馬春花走出門來，說道：「我和各位素不相識，邀我作甚？」盜衆中有人笑道：「我兄弟們自然不識馬姑娘，可是有人識得你啊。」

馬春花叫道：「我的孩子呢！快還我孩子！」那姓聶的道：「兩位令郎安好，馬姑娘請放心。我們一定全力保護，怎敢驚嚇了兩位萬金之體的小公子？」

程靈素向胡斐瞧了一眼，心想：「這強盜說話越來越客氣了。這徐錚左右不過是個鏢頭，他生的兒子是甚麼萬金之體了？」只見馬春花突然紅暈滿臉，說道：「我不去！快還我孩子來！」也不等羣盜回答，逕自回進了石屋。

胡斐見馬春花行動奇特，疑竇更增，說道：「馬姑娘和在下交情非淺，不論爲了何事，在下決不能袖手旁觀。」那姓聶的道：「尊駕武功雖強，只恐雙拳難敵四手。我們弟兄一共有二十五人，待到晚間，另有強援到來。」

胡斐心想：「這人所說的人數，和我所猜的一點不錯，總算沒騙我。管他強援是誰，我豈能捨馬姑娘而去？二妹卻不能平白無端的在此送了命。」低聲道：「二妹，你先騎這馬突圍出去，我一人照料馬姑娘，那便容易得多。」

程靈素知他顧念自己，說道：「咱們結拜之時，說的是『有難共當』呢，還是『有難先逃』？」胡斐道：「你和馬姑娘從不相識，何必為她犯險？至於我，那可不同。」程靈素的眼光始終沒望他一眼，道：「不錯，我何必為她犯險？可是我和你，難道也是從不相識麼？」

胡斐心中大是感激，自忖一生之中，甘願和自己同死的，平四叔是會的，趙半山也會的，（奇怪得很，一瞬之間，心中忽地掠過一個古怪的念頭：苗人鳳也會的），今日又有一位年輕姑娘安安靜靜的站在自己身旁，一點也不躊躇，只是這麼說：「活著，咱們一起活，要死，便一起死！」

那姓聶的大盜等了片刻，又道：「弟兄們決不敢有傷馬姑娘半分，對兩位卻不存顧忌。兩位又何必沒來由的自處險地？尊駕行事光明磊落，在下佩服得緊，有意高攀，想交個朋友。咱們後會有期，今日便此別過如何？」

胡斐道：「你們放不放馬姑娘走？」那姓聶的搖了搖頭，還待相勸，羣盜中已有許多人呼喝起來：「這小子不識好歹，聶大哥不必再跟他多費唇舌！」「這叫做天堂有路你不走，地獄無門自進來。」「傻小子，憑你一人，當眞有天大的本事麼？」

突見白光一閃，一件暗器向胡斐疾射過來。那姓聶的大盜躍起身來一把抓住，卻是柄飛刀。胡斐道：「尊駕好意，兄弟心領，兄弟交了尊駕這個朋友。從此刻起，咱們誰也不欠誰的情。」說著拉著程靈素的手，翻身進了石屋。

但聽得背後風聲呼呼，好幾件暗器射來，他用力一推大門，托托托幾聲，幾件暗器都釘上了門板。羣盜大聲唿哨，衝近門前。

胡斐搶到窗孔，拾起桌上的鋼鏢，對準攻得最近的大盜擲了出去。他仍不願就此而下殺手，這一鏢對準了那大盜肩頭。那大盜「啊」的一聲，肩頭中鏢。這人極是兇悍，竟自不退，叫道：「衆兄弟，今日連這一個小子也收拾不下，咱們還有臉回去嗎？」

羣盜連聲吆喝，四面衝上。只聽得東邊和西邊的石牆上同時發出撞擊之聲，顯然這兩面因無窗孔，盜衆不怕胡斐發射暗器，正用重物撞擊，要破壁而入。

胡斐連發暗器，南北兩面的盜夥向後退卻，東西面的撞擊聲卻絲毫不停。

程靈素取出七心海棠所製蠟燭，又將解藥分給胡斐、馬春花和病倒在床的婦人，叫他們含在嘴裏，一待敵人攻入，便點起蠟燭，薰倒敵人。但程靈素的毒藥對付少數敵人固應驗如神，敵人大舉來攻，對之不免無濟於事。安排這枝蠟燭，也只盡力而爲，能多傷得一人便減弱一分敵勢，至於是否能衝出重圍，實無把握。

便在此時，秃的一響，西首的石壁已給攻破一洞，羣盜怕胡斐厲害，沒人敢孤身鑽進，但破洞勢將越鑿越大，總能一擁而入。

胡斐見情勢緊迫，暗器又已使完，在石屋中四下打量，要找些甚麼重物來投擲傷敵。程靈素叫道：「大哥，這東西再妙不過。」俯身到那病婦床邊，伸手在地下一按，雙手舉起，兩手掌上白白的都是石灰。原來鄉人在此燒石灰，石屋中積有不少。

胡斐叫道：「妙極！」嗤的一聲，扯下長袍的一塊衣襟，包了一大包石灰，猛地縮身一衝，從破孔中鑽了出去，閉住眼睛，右手一揚，一包石灰撒出，立即鑽回石屋。

羣盜正自計議如何攻入石屋，如何從破孔中衝進而不致爲胡斐所傷，那料得到他反客爲主，竟從破洞中攻將出來？這一大包石灰四散飛揚，白霧茫茫，站得最近的三人眼中登時沾上，劇痛難當，一齊失聲大叫。

胡斐突擊成功，一轉身，程靈素又遞了兩個石灰包給他。胡斐道：「好！」從石灶上扳下一塊大石，伸左手高高舉起，飛身躍起，忽喇喇一聲響，屋頂撞破了一個大洞。

他二次躍起時從屋頂中鑽出，兩個石灰包揚處，人叢中又有人失聲驚呼。程靈素連包幾個石灰包，放在鐵鍋中遞上屋頂，胡斐東南西北一陣拋打，衆人又叫又罵，退入了林中。這一役對方七八人眼目受傷，一時不敢再逼近石屋。

如此相持了一個多時辰，羣盜不敢過來，胡斐等卻也不能衝殺出去，一失石屋的憑藉，便無法以少抗衆。

胡斐和程靈素有說有笑，兩人同處患難，比往日更增親密，不知不覺間竟有了同生共死的感覺，雖說是義兄妹的結拜之情，在程靈素心中，卻又不單是如此。馬春花卻有點兒神不守舍，只低頭默默沉思，臉上神色忽喜忽愁，對胡程兩人的說話也似聽而不聞。

胡斐道：「咱們守到晚間，或能乘黑逃走。今夜倘若走不脫，二妹，那要累得你送上一條小命了，至於我歪拳有敵牛耕田這老小子的老命，嘿，嘿！」說著伸手指在上唇一摸，笑道：「早知跟姓牛的無關，這撇鬍子倒有點捨不得了。」

程靈素微微一笑，低聲問道：「大哥，待會如果走不脫，你救我呢，還是救馬姑娘？」胡斐道：「兩個都救。」程靈素道：「我是問你，倘若只能救出一個，另一個非死不可，你便救誰？」胡斐微一沉吟，說道：「我救馬姑娘！我跟你同死。」

程靈素轉過頭來，滿臉深情，低低叫了聲：「大哥！」伸手握住了他手。

胡斐心中一震，忽聽得屋外腳步聲響，往窗孔中一望，叫道：「啊喲，不好！」只見羣盜紛紛從林中躍出，手上都拖著樹枝柴草，不住往石屋周圍擲來，瞧這情勢，顯是要行火攻。胡斐和程靈素手握著手，相互看了一眼，從對方的眼色之中，兩人都瞧出處境已然無望。

馬春花忽然站到窗口，叫道：「喂，你們領頭的人是誰？我有話跟他說。」

羣盜中站出一個瘦瘦小小的老者，說道：「馬姑娘有話，請吩咐小人吧！」馬春花道：「我過來跟你說，你可不得攔著我不放。」那老者道：「誰有這麼大膽，敢攔住馬姑娘了？」

馬春花臉上一紅，低聲道：「胡兄弟，程家妹子，我出去跟他們說幾句話再回來。」胡斐忙道：「使不得！強盜賊骨頭，怎講信義？馬姑娘你這可不是自投虎口？」馬春花道：「困在此處，事情總是不了。兩位高義，我終生不忘。」

胡斐心想：「她要將事情一個兒承當，好讓我兩人不受牽累。她孤身前往，自是凶多吉少，救人不救徹，豈是大丈夫所爲？」眼看馬春花甚是堅決，已伸手去拔門閂，說道：「那麼我陪你去。」馬春花臉上又微微一紅，道：「不用了。」

程靈素實在猜測不透，馬春花何以會幾次三番的臉紅？難道她對胡大哥竟也有情？想到此處，不由得自己也臉紅了。

胡斐道：「好，既是如此，我去擒一個人來，作爲人質。」馬春花道：「胡兄弟，不必……」話未說完，胡斐已右手提起單刀，左手一推大門，猛地衝出。衆人齊聲大呼。

胡斐展開輕功，往斜刺裏疾奔。衆人齊聲呼叫：「小子要逃啦！」「石屋裏還有人，四下裏兜住。」「小心，提防那小子使詭。」呼喝聲中，胡斐便如一溜灰煙般撲入了人叢之中。

兩名盜夥握刀來攔，胡斐頭一低，從兩柄大刀下鑽了過去，左手一勾，想拿左首那人手腕。豈知那人手腳甚是滑溜，單刀橫掃，胡斐迫得舉刀封架，竟沒拿到。這麼稍一躭擱，又有三名大盜撲了上來，兩條鋼鞭，一條鏈子槍，將胡斐圍在垓心。

胡斐大喝一聲，提刀猛劈，噹噹噹三響過去，兩條鋼鞭落地，鏈子槍斷爲兩截，這三刀使的是極剛極猛之力，雖打落了敵人三般兵刃，但他自己的單刀也已刃口捲邊，難以再用。衆人見他如此神勇，不自禁的向兩旁讓開。

那老者喝道：「讓我來會會英雄好漢！」赤手空拳，猱身便上。胡斐一驚：「此人身手沉穩，大是勁敵。」左手一揚，叫道：「照鏢！」

那老者住足凝神，要瞧清楚他鋼鏢來勢。那知胡斐這一下卻是虛招，左足一點，身子忽地飛起，越過兩名大盜的頭頂，右臂探出，已將一名大盜揪下馬來。他抓住了這大盜的脈門，跟著翻身上馬，從人叢中硬闖出來。

那馬給胡斐一腳踢在肚腹，吃痛不過，向前急竄。衆人紛紛呼喝叫罵，有的乘馬，有的步行，隨後追趕。那馬奔出數丈，胡斐只聽得腦後風生，一低頭，兩枚鐵錐從頭頂飛過，去勢奇勁，發錐的實是高手。

胡斐在馬上轉過身來，倒騎鞍上，將那大盜舉在胸前，叫道：「請發暗器啊，越多越好！」那大盜給扣住脈門，全身酸軟，動彈不得。胡斐哈哈大笑，伸腳反踢馬腹，只踢了一腳，那馬撲地倒了，原來當他轉身之前，馬臀上先已中了一枚鐵錐，穿腹而入。胡斐縱身落地，橫持大盜，一步步的退入石屋。

眾人怕他加害同伴，不敢一擁而上。這夥人枉自有二十餘名好手，卻給他一人倏來倏去，橫衝直撞，不但沒傷到他絲毫，反給他擒去了一人。眾人相顧氣沮，心下固自惱怒，卻也不禁暗暗佩服。

馬春花喝采道：「好身手，好本事！」緩步出屋，空手向盜羣中走去，竟不持兵刃。眾人見她走近，紛紛下馬，讓出一條路來。馬春花不停步的向前，直到離石屋二十餘丈之處的樹林邊，這才立定。

胡斐和程靈素在窗中遙遙相望，見馬春花背向石屋，那老者站在她面前說話。程靈素道：「大哥，你說她爲甚麼走得這麼遠？若有不測，豈不是相救不及？」胡斐「嗯」了一聲，他知程靈素如此相問，其實她心中早已有了答案。

果然，程靈素接著就把答案說了出來：「因爲她和這些人說話，不想讓咱兩個聽見！」胡斐又「嗯」的一聲。他知程靈素的猜測不錯，可是，那又爲甚麼？

胡斐和程靈素聽不到馬春花和眾人的說話，但遙遙望去，各人的神情隱約可見。

程靈素道：「大哥，這盜魁對馬姑娘說話的模樣，可恭敬得很哪，沒半點飛揚囂張。」胡斐道：「不錯，這盜魁很有涵養，確是個勁敵。」程靈素說道：「我瞧不是有涵養，倒像是僕人跟主婦稟報甚麼似的。」胡斐也已看出了這一節，心中隱隱覺得不對，但想這事甚爲尷尬，不願親口說出。

程靈素瞧了一會，又道：「馬姑娘在搖頭，定是不肯跟那盜魁去。可是她爲甚麼……」突然側過頭來，瞧著胡斐的臉，心中若有所感，又回頭望向窗外。

胡斐道：「你要說甚麼？你說她爲甚麼……怎地不說了？」程靈素道：「我不知道該不該問你。問了出來，怕你生氣。」胡斐道：「二妹，你跟我在這兒同生共死，咱們之間還有甚麼不能說的？我甚麼都不會瞞你。」程靈素道：「好！馬姑娘跟那盜魁說話，爲甚麼不是發惱，卻要臉紅？這還不奇，爲甚麼連你也要臉紅？」

胡斐道：「我在疑心一件事，只是尚無佐證，現下不便明言。二妹，你大哥光明磊落，決無不可對人言之事。你信得過我麼？」程靈素見他神色懇切，很是高興，微笑道：「那你是在代她臉紅了。旁人的事，我管不著。只要你很好，那就好了。我猜這件事中，牽涉到馬姑娘的甚麼私情……以致對方不肯明言，馬姑娘也不肯說。」

胡斐道：「我初識馬姑娘之時，是個十三四歲的拖鼻涕小廝。她見我可憐，這才給我求情……」說到這裏，抬頭出了會神，只見天邊晚霞如火燒般紅，輕輕道：「該不該這樣，我不知道。但我信得過她是好人……她良心是挺好的。」

這時他身後那大盜突然一聲低哼，顯是穴道受點後酸痛難當。胡斐轉身在他「章門穴」上一拍，又在他「天池穴」上推拿了幾下，解開了他穴道，說道：「事出無奈，多有得罪，請勿見怪。尊駕高姓大名？」那人濃眉巨眼，身材魁梧，對胡斐怒目而視，大聲道：「我學藝不精，給你擒來，要殺要剮，便可動手，多說些甚麼？」

胡斐見他硬氣，倒欽服他是條漢子，笑道：「我跟尊駕從沒會過，無冤無仇，豈有相害之意？只是今日之事處處透著奇怪，在下心中不明，老兄能不能略加點明？」那人厲聲道：「你當我汪鐵鶚是卑鄙小人麼？憑你花言巧語，休想套問得出我半句口供。」

程靈素伸伸舌頭，笑道：「你不肯說姓名，這不是說了麼？原來是汪鐵鶚汪爺，久仰，久仰。」汪鐵鶚呸的一聲，罵道：「黃毛小丫頭，你懂得甚麼？」

程靈素不去理他，向胡斐道：「大哥，這是個渾人。不過他鷹爪雁行門的前輩武師，跟小妹很有點交情。周鐵鷦、曾鐵鷗他們見了我都很客氣，說得上是自己人。你就別難爲他了。」說著向胡斐眨了眨眼睛。

汪鐵鶚大是奇怪，問道：「你識得我大師兄、二師兄麼？」語氣登時變了。程靈素道：「怎麼不識？我瞧你的鷹爪功和雁行刀都沒學得到家。」汪鐵鶚道：「是！」低了頭頗爲慚愧。

鷹爪雁行門是北方武學中的一個大門派。門中大弟子周鐵鷦、二弟子曾鐵鷗在江湖上成名已久。程靈素曾聽師父說起過，知道他門中這一代的弟子，取名第二字用個「鐵」

字，第三字多用「鳥」旁，這時聽汪鐵鶚一報名，又見他使的是雁翎刀，自然一猜便中。至於汪鐵鶚的武功沒學到家，更不用多說，他武功倘若學得好了，又怎會給胡斐擒來？但汪鐵鶚腦筋不怎麼靈，聽程靈素說得頭頭是道，居然便深信不疑。

程靈素道：「你兩位師哥怎麼沒跟你一起來？我沒見他們啊。」其實她並不識得周鐵鷦、曾鐵鷗，只想這兩人威名不小，若在盜夥之中，必是領頭居首的人物，但那瘦老人和其餘幾個盜首都不使刀，想來周曾二人必不在內。這一下果然又猜中了。汪鐵鶚道：「周師哥和曾師哥都留在北京。幹這些小事，怎能勞動他兩位的大駕？」言下甚有得色。

程靈素心道：「他二人留在北京，難道這一夥人竟是從北京來的？我再誆他一誆。」輕描淡寫的道：「天下掌門人大會不久便要開啦。你們鷹爪雁行門定要在會裏大大露一露臉。你總要回北京趕這個熱鬧吧？」汪鐵鶚道：「那還用說？差使一辦妥，大夥全得回去。」

胡斐和程靈素都是一怔，均想：「甚麼差使？」程靈素道：「貴寨衆位當家的受了招安，給皇上出力，那是光祖耀宗的事哪。」不料這一猜測可出了岔兒，程靈素只道他們都是盜夥，卻在辦差，那不是受了招安是甚麼？那知汪鐵鶚一對細細的眼睛一翻，說道：「甚麼招安？你當我們眞是盜賊麼？」程靈素暗叫：「不好！」微微一笑，說道：

「你們裝作是黑道上的朋友，大家心照不宣，又何必點穿？」

她雖掩飾得絲毫沒露痕跡，但汪鐵鶚居然也起了疑心，程靈素再以言語相逗，他便只瞪著眼睛，一言不發。胡斐忽道：「二妹，你既識得這位汪兄的衆位師哥，咱們可不便再加留難。汪兄，你這就請回吧！」汪鐵鶚愕然站起。

胡斐打開石室木門，說道：「得罪莫怪，後會有期。」汪鐵鶚不知他要使甚麼詭計，不敢跨步。程靈素拉拉胡斐的衣角，連使眼色。胡斐一笑道：「小弟胡斐，我義妹程靈素，多多拜上周曾兩位武師。」說著輕輕往汪鐵鶚身後一推，將他推出門外。

汪鐵鶚大惑不解，仍遲疑著不舉步，回頭望去，見木門已關上，這才向前走了幾步，跟著又倒退幾步，生怕胡斐在自己背後發射暗器，待退到五六丈外，見石室中始終沒有動靜，這才轉身，飛也似的奔入樹林。

程靈素道：「大哥，我是信口開河啊，誰又識得他的周鐵鷦、曾鐵鷗了，你怎地信以爲眞，放了他去？」胡斐道：「我瞧這些人決不敢傷害馬姑娘。再說，汪鐵鶚是個渾人，這些盜夥未必看重他。他們眞要對馬姑娘有甚留難，也不會顧惜這渾人。」程靈素讚道：「你想得極是……」話猶未了，窗孔中望見馬春花緩步而回，眾人恭恭敬敬的送到林邊，不再前行，任她獨自回進石屋。

胡程二人眼中露出詢問之色，但都不開口。馬春花道：「他們都稱讚胡兄弟武功既高，人又仁義，實是位少年英雄。」胡斐謙遜了幾句，見她呆呆出神，沒再接說下文，也不便再問。

隔了半晌，馬春花緩緩的道：「胡兄弟，程家妹子，你們走吧。我的事……你們兩位幫不上忙。」胡斐道：「你未脫險境，我們怎能捨你而去？」馬春花道：「我在這裏沒危險，他們不敢對我怎樣。」胡斐心想：「這兩句話只怕確是實情，但讓她孤身留在這裏，怎能安心？」但見她臉上一陣紅，一陣白，忽而泫然欲泣，忽而嘴角邊露出微笑，胡斐和程靈素相顧發怔。石室內外，一片寂靜。

胡斐拉拉程靈素的衣角，兩人走到窗邊，並肩向外觀望。胡斐低聲道：「二妹，你說怎麼辦？」程靈素低聲道：「大仁大義的少年英雄說怎麼辦，黃毛丫頭便也怎麼辦。」胡斐悄聲道：「我疑心著一件事，可是無論如何不便親口問她，這般僵持下去，終也不是了局。」程靈素道：「我猜上一猜。你說有個姓商的，當年對她頗有情意，是不是？」胡斐道：「是啊，你眞聰明。我疑心這夥人是受商寶震之託而來，因此對馬姑娘很客氣，對他丈夫卻不斷的訕笑羞辱。」程靈素道：「看來馬姑娘對那姓商的還是未免有情。」胡斐道：「因此我就不知道怎麼辦了。」

兩人說話之時，沒瞧著對方，只口唇輕輕而動，馬春花坐在屋角，不會聽到。

眼見得晚霞漸淡，天色慢慢黑了下來，突然間西首連聲唿哨，有幾乘馬奔來。程靈素道：「又來了幫手。」胡斐側耳聽去，道：「怎地有一人步行？」果然過不多時，一人飛步奔近，後面四騎馬成扇形散開著追趕。但馬上四人似乎存心戲弄，並沒催馬，口中吆喝唿哨，始終離前面奔逃之人兩三丈遠。那人頭髮散亂，腳步踉蹌，顯已筋疲力盡。

胡斐看清了那人面目，叫道：「徐大哥，到這裏來！」說著打開木門，待要搶出去接應，爲時已然不及，四騎馬從旁繞上，攔住徐錚去路。林中盜衆也紛紛踴出。

胡斐倘若衝出，只怕羣盜乘機搶入屋來，程靈素和馬春花便要吃虧，只好眼睜睜瞧著徐錚給羣盜圍住。胡斐縱聲叫道：「喂，倚多爲勝，算甚麼英雄好漢？」縱馬追來的四個漢子中一人叫道：「不錯，我正要單打獨鬥，會一會神拳無敵的高徒，鬥一鬥飛馬鏢局的徐大鏢頭。」胡斐聽這聲音好熟，凝目望去，失聲叫道：「是商寶震！」

程靈素道：「這姓商的果眞來了！」但見他身形挺拔，白淨面皮，比滿臉疤痕的徐錚俊雅十倍，又見他從馬背上翻鞍而下，身法瀟洒利落，心想：「他跟馬姑娘才是一對兒，難怪那些人要打甚麼抱不平，說甚麼鮮花揷在牛糞上。」她究是年輕姑娘，忍不住叫道：「馬家姊姊，那姓商的來啦！」馬春花「嗯」的一聲，似乎沒聽懂程靈素在說甚麼。

這時羣盜已圍成老大一個圈子，遮住了從石室窗中望出去的目光。程靈素道：「大哥，這裏瞧不見，咱們上屋頂去。」胡斐道：「好！」

兩人躍上屋頂，望見徐錚和商寶震怒目相向。商寶震手提一柄厚背薄刃的單刀，徐錚卻是空手。程靈素道：「這可不公平。」胡斐尚未答話，只聽得商寶震大聲道：「徐爺，商某跟你動手，用不著倚多爲勝，也不能欺你空手。你用刀，我空手，這麼著你總不吃虧了吧？」說著倒轉單刀，柄前刃後的向徐錚擲去。

徐錚伸手接住，呼呼喘氣，說道：「在商家堡中，你對我師妹那般模樣，你當我沒生眼睛麼？你今日邀著這許多人一起來，爲的是甚麼，說出來大家沒臉。商寶震，你拿刀子吧！」商寶震高聲說道：「我便憑一雙肉掌，鬥你的單刀。衆位大哥，如我傷在他的刀下，只怨我狂妄自大，任誰不得相助。」

程靈素道：「他爲甚麼這般大聲？顯是要說給馬姑娘聽了。他空手鬥人家單刀，不但在心上人面前逞能，還要打動她心。」胡斐嘆了口氣。程靈素道：「大哥，你說馬姑娘盼望誰勝？」胡斐搖頭道：「我不知道。」程靈素冷冷的道：「一個是丈夫，一個是外人，正在爲了她拚命，她卻躲在屋裏理也不理。我說馬姑娘私心之中，只怕還在盼望這位商少爺得勝呢。」胡斐心中想法也是如此，但仍搖頭道：「我不知道。」

徐錚見商寶震一定不肯使兵刃，提刀橫擺，說道：「反正姓徐的陷入重圍，今日也不想活著回去了。」唰的一刀，往商寶震頭頂砍落。商寶震武功本就高出他甚多，當年在商家堡向他討教拳腳，只是裝腔作勢，自毀家之後，消了紈袴習氣，跟著兩位師叔學藝，數年來痛下苦功，八卦刀和八卦掌功夫更加精進。徐錚奔逃半日，氣力衰竭，手中雖多一刀，但在商寶震八卦掌擊、打、劈、拿之下，不數招便落下風。

胡斐皺眉道：「這姓商的挺狡猾……」程靈素道：「你要不要出手？」胡斐道：「我是爲助馬姑娘而來，但是……但是……我可眞不知她心意到底怎樣？」程靈素對馬春花甚爲不滿，說道：「馬姑娘決沒危險，你好心相助，她未必領你這個情。咱們不如走吧！」胡斐見徐錚的單刀給商寶震掌力逼住了，砍出去時東倒西歪，已全然不成章法，瞧著甚是悽慘，說道：「二妹，你說的是，這件事咱們管不了。」

他躍下屋頂，回入石室，說道：「馬姑娘，徐大哥快支持不住了，那姓商的只怕要下毒手。」馬春花呆呆出神，「嗯」了一聲。胡斐怒火上衝，便不再說，向程靈素道：「二妹，咱們走吧！」馬春花似乎突然從夢中醒覺，問道：「你們要走？上那裏去？」胡斐昂然道：「馬姑娘，你從前爲我求情，我一直感激，但你對徐大哥這般……」

他話未說完，猛聽得遠處一聲慘叫，正是徐錚的聲音，跟著商寶震縱聲長笑，笑聲中充滿了得意之情。羣盜轟然喝采：「好八卦掌！」

馬春花一驚，叫道：「師哥！」向外衝出。胡斐恨恨的道：「情人打死了丈夫，正合心意！」程靈素見他憤恨難當，柔聲安慰道：「這種事你便有天大本事，也沒法子管。」胡斐道：「她若不愛她師哥，何必跟他成親？」程靈素道：「那定是迫於父親之命了。」胡斐搖頭道：「不，她父親早燒死在商家堡中了。便算曾有婚約，也可毀了，總勝過落得這般下場。」

忽聽得人叢中又傳出徐錚的大聲號叫，胡斐喜道：「徐大哥沒死，瞧瞧去。」說著拉著程靈素的手走出石屋，急步擠入盜羣。

說也奇怪，沒多久之前，羣盜和胡斐一攻一守，列陣對壘，但這時羣盜只注視馬春花、商寶震、徐錚三人，對胡程二人奔近竟都不以爲意。

胡斐低頭看徐錚時，只見他仰躺在地，胸口一大攤鮮血，氣息微弱，顯是給商寶震掌力震傷了內臟，轉眼便要斷氣。馬春花呆呆站在他身前，默不作聲。

胡斐彎下腰去，俯身在徐錚耳邊，低聲道：「徐大哥，你有甚麼未了之事，兄弟給你辦去。」徐錚望望妻子，望望商寶震，苦笑了一下，低聲道：「沒有。」胡斐道：「我去找到你的兩個孩子，撫養他們成人。」他和徐錚全沒交情，只眼見他落得這般下場，激於義憤，忍不住挺身而出。

徐錚又苦笑了一下，低聲說了一句話，氣息太微，胡斐聽不明白，把右耳湊到他口邊，只聽他道：「孩子……孩子……嫁過來之前……早……早就有了……不是我的……」一口氣呼出，不再吸進，便此氣絕。

胡斐登時恍然：「怪不得馬姑娘要和他成親，原來火燒商家堡後，這姓商的不知去向，而她有了身孕，卻不能不嫁。怪不得兩個孩子玉雪可愛，跟徐大哥的相貌半分也不像。」他伸腰站起，無話可說，耳聽得馬蹄聲響，又有兩乘馬馳近。每匹馬上坐著一個漢子，每人懷裏安安穩穩的各抱一個馬春花的孩子。

馬春花望了望孩子，瞧瞧徐錚，又瞧瞧商寶震，說道：「商少爺，我當家的是你打死的？」商寶震道：「刀子還在他手裏，我可沒佔他便宜。」馬春花點點頭，從徐錚右手中取下單刀，說道：「這是你家傳的八卦刀，我在商家堡中見過的。」商寶震微微笑道：「你好記心，多虧你還記得。」馬春花微微苦笑，說道：「我怎不記得？商家堡的事，好像便都在眼前一般。」

程靈素側目瞧著胡斐，見他滿臉通紅，胸口不住起伏，強忍怒氣，卻不發作。

馬春花提著八卦刀，含笑讚道：「好刀！」慢慢走向商寶震。商寶震嘴邊含笑，目光中蘊著情意，伸手來接。馬春花臉露微笑，倒過刀鋒，便似要將刀柄遞給他，突然間白光閃動，刀頭猛地轉過，波的一聲輕響，刺入了商寶震腰間。

商寶震一聲大叫，揮掌拍出，將馬春花擊得倒退數步，慘然道：「你……你……你……為甚麼……」一句話沒說完，向前撲倒，便已斃命。

這一下人人大感驚愕，本來商寶震擊死徐錚，馬春花為夫報仇，誰都該料想得到，但馬春花對徐錚之死沒顯示半分傷心，和商寶震一問一答，又似是歡然敘舊，突然間刀光一閃，已白刃斃仇。

羣盜一愕之間，尚未叫出聲來，胡斐在程靈素背後輕輕一推，拉著馬春花手臂，急速退入石屋。羣盜一陣喧嘩，待欲攔阻，已慢了一步。適才之事實在太過突兀，羣盜顯然要計議一番，並不立時便向石屋進攻，反一齊退了開去。

胡斐向馬春花嘆道：「先前我錯怪你了，你原不是這樣的人。」馬春花不答，獨自呆坐屋角。程靈素對她也全然改觀，柔聲安慰。馬春花向前直視，不作一聲。

胡斐向程靈素使個眼色，兩人又並肩站在窗前。胡斐道：「馬姑娘爲夫報仇，殺了仇人個措手不及，可是這麼一來，我更加不懂了。」程靈素也大惑不解，本來商寶震一到，一切都已眞相大白，但現下許多事情立時又變得甚爲古怪。馬春花竟會親手將商寶震殺死，是不是她眼見丈夫慘死，突然天良發現？如果羣盜確是商寶震邀來，那麼他一死之後，盜衆定要羣相憤激，叫嚣攻來，但羣盜除了驚奇之外，何以並無異動？

胡斐凝神思索了一會，說道：「二妹，這中間有很多疑難之處，咱兩人貿然插手，說不定反害了好人。馬姑娘是一定不肯說的了，我去問那盜魁去。」程靈素道：「他怎肯說？」胡斐道：「我去試試！」程靈素道：「千萬得小心了！」胡斐道：「理會得。」開了屋門，緩步而出，向盜衆走去。

羣盜見他孤身出來，手中不攜兵刃，臉上均有驚異之色。

胡斐走到離羣盜六七丈遠處，站定說道：「在下有一句機密之言，要和貴首領說。」說著在身上拍了拍，示意不帶利器。羣盜中一條粗壯漢子喝道：「大夥兒都是好兄弟，有話儘說不妨，何必鬼鬼祟祟？」胡斐笑道：「各位都是英雄好漢，領頭的自然更是一位了不起的人物，難道跟在下說句話也大有顧忌麼？」

那瘦削老人右手擺了擺，說道：「『了不起的人物』這六個字，可不敢當。我瞧你小兄弟倒是位少年英雄，後生可畏，後生可畏！」他話中稱讚胡斐，但滿臉是老氣橫秋的神色。胡斐拱手道：「老爺子，請借一步說話。」說著向林中空曠之處走去。

那瘦老人斜眼微睨，適才馬春花手刃商寶震，太也令人震驚，他心神兀自未寧，生怕胡斐也暗藏毒計，不敢便此跟隨過去，但若不去，又未免過於示弱，當下全神戒備，一步步的走近。

胡斐抱拳道：「晚輩姓胡名斐，老爺子你尊姓大名？」那老者不答，道：「尊駕有何說話？」胡斐笑道：「沒甚麼。我要跟老爺子討教幾路拳腳。」

那老者沒想到他竟會說出這句話來，勃然變色，道：「好小子，你騙我過來，便要說這一句話嗎？」胡斐笑道：「老爺子且勿動怒，我是想跟你賭一個玩意兒。」

那老者哼的一聲，轉身便走。胡斐道：「我早料你不敢！我便站在原地不動，你也打我不過。」那老者怒道：「你說甚麼？」胡斐道：「我雙腳釘在地下，半寸不得移動，你卻可任意走動，咱們這般比比拳腳，你說誰贏誰輸？」

那老者見他迭獻身手，奪雷震擋、擒汪鐵鶚、搶劍還劍、接發暗器，事事眩人耳目，若說單打獨鬥，還當眞有點膽怯，但聽他竟敢大言不慚，說雙足不動而和自己相鬥，這樣的事江湖上可從沒聽見過。他是河南開封府八極拳的掌門人，既是前輩，武功又高，因此這次同來的三十餘人之中以他爲首，心想對方答允雙足不動，自己已立於不敗之地，這份便宜穩穩佔了，當下並不惱怒，反而高興，笑道：「小兄弟出了這個新花樣來考較老頭子啦，好，這幾根老骨頭便跟著你熬熬。咱們許不許用暗器哪？」

胡斐微笑道：「好朋友試試拳腳，輸贏毫不相干，用甚麼暗器？」那老者心想：「我便當眞打你不過，只須退開三步，你腳步不能移動，諒你手臂能有多長？最不濟也是個平手。」說了聲：「好！」

胡斐道：「晚輩與老爺子素不相識，這次插手多管閒事，實是胡鬧。晚輩只要輸了一招半式，我和義妹兩人立刻便走。」那老者心想：「他若一味護著馬姑娘，此事終是不了。我們倘若恃衆強攻，勢必多傷人命，如傷著馬姑娘，更大大不妥，還是善罷爲妙。」說道：「是啊！這事原本跟旁人絕不相干。馬姑娘此後富貴榮華，直上青雲，你既跟她有交情，只有代她歡喜。」

胡斐搔了搔後腦，道：「我便是不明白。老爺子倘肯任讓一招，晚輩要請老爺子說明其中的原委。」

那老者微一沉吟，說道：「好，便是這樣。」見胡斐雙足一站，相距一尺八寸，嶽峙淵停，沉穩無比，不禁心中一動：「說不定還眞輸與他了。」說道：「咱們話說明在先，我若輸了，只好對你說，但你決不能跟第二人說起。」胡斐道：「我義妹可須跟她明言。」那老者心想：「乾柴烈火好煮飯，乾兄乾妹好做親。你們乾兄乾妹，何等親熱？就算口中答應了不說，也豈有不說之理？」便道：「第三人可決計不能說了。」胡斐道：「好！便是這樣。我又怎知準能贏得你老人家？」

那老者身形一起，微笑道：「有僭了！」左手揮掌劈出，右拳成鉤，正是八極拳的「推山式」。胡斐順手帶開，覺他這一掌力道甚厚，說道：「老爺子好掌力！」

羣盜見兩人拉開架子動手，紛紛趕了過來，但見兩人臉上各帶微笑，當下站定了觀鬥。那八極拳的八極乃是「翻手、揲腕、寸椶、抖展」，共分「摟、打、騰、封、踢、蹬、掃、掛」八式，講究的是狠捷敏活。那老者施展開來，但見他翻手之靈、揲腕之巧、寸椶之精、抖展之速，的是名家高手風範。眾人看得暗暗佩服，心想他以八極拳揚威大河南北，成名三十餘載，果有眞才實學，絕非浪得虛聲。

只見那老者一步三環、三步九轉、十二連環、大式變小式、小式變中盤，「騎馬式」、「魚鱗式」、「弓步式」、「磨膝式」，在胡斐身旁騰挪跳躍，拳腳越來越快。

胡斐卻只一味穩守，見式化式，果然雙足沒移動分毫。鬥到分際，那老者只感拳掌出去之時漸趨滯澀，似有一股黏力阻在他拳掌之間，暗叫：「不好！」待要後躍退開，對方不能追擊，便算沒輸贏，那知他左掌回抽，胡斐右手已抓住他的右掌，同時左手成拳，在他右肘底一下輕揉。

那老者大驚，運勁一掙沒能掙脫，便知自己右臂非斷不可，心中正自冰涼，胡斐突然鬆手躍開，腳步一個踉蹌，說道：「老爺子掌力沉雄，佩服，佩服。」

那老者心中雪亮，好生感激，對方非但饒他一臂不斷，還故意腳步踉蹌，裝得打成平手，使自己不致在眾伙伴前失了面子，保全自己一生令名，實是恩德非淺，過去攜了胡斐之手，笑道：「小兄弟英雄了得，咱們到那邊說話。」

隔房一羣武官在大賭牌九，聽聲音都是熟人。汪鐵鶚笑道：「胡大哥，咱們過去瞧瞧。」引著胡斐和程靈素走向隔房。

第十三章　北京衆武官

兩人走到樹林深處，胡斐見四下無人，只道他要說了，那知那老者躍上一株大樹，向他招手。胡斐跟著上去，坐在枝幹之上。那老者道：「在這裏說清靜些。」胡斐應道：「是。」

那老者臉露微笑，說道：「先前聽得閣下自報尊姓大名，姓胡名斐。不知這個斐字，是斐然成章之『斐』，一飛衝天之『飛』，還是是非分明之『非』呢？」胡斐聽他吐屬斯文，道：「草字之斐，是『文』字上面加一個『非』字。」那老者道：「在下姓秦，草字耐之，一生寄跡江湖，大英雄、大豪傑會過不少，但如閣下這般年紀輕輕，武功造詣便到這等地步，實爲生平未見。」頓了一頓，又道：「閣下宅心忠厚，識見不凡，更是武林中極爲希有。小兄弟，老漢眞正服了你啦！」

胡斐道：「秦爺，晚輩有一事請教。」秦耐之道：「你不用太謙啦，這麼著，我叨長你幾歲，稱你一聲兄弟，你便叫我一聲秦大哥。你手下容情，顧全了我這老面子，那你問甚麼，我答甚麼便是。」胡斐忙道：「不敢，不敢。兄弟見秦大哥有一招是身子向後微仰，上盤故示不穩，左臂置於右臂上交叉輪打，翻成陽掌，然後兩手成陰拳打出。這一招變化極爲精妙，兄弟險些便招架不住，心下甚是仰慕。」

秦耐之心中一喜，他拳腳上輸了，依約便得將此行眞情和盤托出，只道胡斐自然便要詰問此事，那知他竟來請教自己的得意武功，對方所問，正是他賴以成名的八極拳中八大絕招之一，微微一笑，說道：「那是敝派武功中比較有用的一招，叫作『雙打奇門』。」跟著解釋這一招中的精微奧妙。胡斐本性好武，聽得津津有味，接著又請教了幾個不明的疑點。

武林中不論那一門那一派，既能授徒傳技，卓然成家，總有其獨到成就，那八極拳當有清雍乾年間，武林中名頭甚響，聲勢也只稍遜於太極、八卦諸門。胡斐和秦耐之過招之時，留心他的拳招掌法，這時所問的全是八極拳中的高妙之作。秦耐之起初還恐本門秘奧洩露於人，解釋時十分中只說七分，然聽對方所問，每一句都搔著癢處，神態又極恭謹，教他忍不住要傾囊吐露；又想，反正你武功強勝於我，學了我的拳法，也仍不過是強勝於我，又有甚麼大不了？而胡斐有時稍抒己見，又對八極拳的長處更有錦上添花之妙，問中帶讚，更讓他聽得心癢難搔。

兩人這麼一講論，竟說了足足半個時辰，羣盜遠遠望著，但見秦耐之雙手比劃，使著他得意的拳招，胡斐有時也出手進招，兩人有說有笑，甚是親熱，顯是在鑽研拳術武功。衆人瞧了半天，聽不到兩人說話，雖微覺詫異，卻也不再瞧了。

又說了一陣，秦耐之道：「胡兄弟，八極拳的拳招，本來是很了不起的，只可惜我沒學得到家，折在你手下。」胡斐道：「秦大哥說那裏話來？咱們當眞再鬥下去，也不知誰勝誰敗。兄弟對貴派武功佩服得緊。今日天色已晚，一時之間也請教不了許多，日後兄弟到北京來，定當專誠拜訪，長談幾日。此刻暫且別過。」說著雙手一拱，便要下樹。

秦耐之一怔，心道：「咱們有約在先，我須得說明此行的原委，但他只和我講論一番武功，即便告辭，天下寧有是理？是了，這少年給我面子，不加催逼，以免顯得是我比武輸了。他既講交情，我豈可說過的話不算？江湖之上，做人不可不光棍。」當即道：「且慢。咱哥兒倆不打不成相識，這會子的事，乘這時說個明白，也好有個了斷。」

胡斐道：「不錯，兄弟和那商寶震大哥原也相識，想不到馬姑娘竟會突然出手，給丈夫報仇。」把在商家堡如何結識馬春花和商寶震之事，詳細說了。

秦耐之心道：「好啊，我還沒說，你倒先說了。這少年行事，處處教人心服。」說道：「古人一飯之恩，千金以報。馬姑娘於胡兄弟有代爲求情之德，你不忘舊恩，正是大丈夫本色。你不明白馬姑娘何以毫不留情的殺了商寶震，難道那兩個孩子，是商寶震生的麼？」胡斐搔頭道：「我聽徐錚臨死之時，說這兩個孩兒不是他親生兒子。」

秦耐之一拍膝頭，道：「原來他倒也不是傻子。」胡斐一時更如墮入五里霧中。

秦耐之道：「小兄弟，你在商家堡之時，可曾見到有一位貴公子麼？」

胡斐一聽，登時如夢初醒。只因那日晚間，他親眼見到商寶震和馬春花在樹下手拉手的說話，一心以爲兩人互有情意，而馬春花和那貴公子一見鍾情、互纏痴戀這一場孽緣，他卻全然不知。那日火燒商家堡後，他曾見到馬春花和那貴公子在郊外偎倚說話，眉梢眼角之間互蘊深情，他雖瞧在眼裏，當時年紀幼小，卻不明其中含意，因此始終沒想到那貴公子身上，這時經秦耐之一點明，這才恍然，說道：「那麼八卦門的王家兄弟……」秦耐之道：「不錯，那次是八卦門王氏兄弟跟隨福公子去商家堡的。」

在胡斐心坎兒中，福公子是何等樣人，早已甚爲淡漠，但王氏兄弟的八卦刀和八卦掌，一招一式，卻記得清清楚楚，說道：「福公子，福公子……嗯，這位福公子相貌清雅，倒跟那兩個小孩兒有點相像。」秦耐之嘆了一口氣，道：「福公子榮華富貴，說權勢，除了皇上便是他；說錢財，天下的金銀田地，他要甚麼，皇上便給甚麼。可是他人到中年，卻有一件事大大不足，便是膝下無兒。」胡斐想起那日在湘妃廟中跟袁紫衣的對話，說道：「那福公子，便是福康安了？」

秦耐之道：「不是他是誰？那正是平金川大帥，做過正白旗滿洲都統，盛京將軍，雲貴總督，四川總督，現任太子太保，兵部尚書，總管內務府大臣的福公子，福大帥！」

胡斐道：「嗯，那兩個小孩兒，便是這位福公子的親生骨肉。他是差你們來接回去的了？」秦耐之道：「福大帥此時還不知他有了這兩個孩子。便是我們，也是適才聽馬姑娘說了才知。」

胡斐點了點頭，心想：「原來馬姑娘跟他說話之時臉紅，便是爲此，她所以吐露眞情，是要他們不得傷了孩子。她爲了愛惜兒子，這件事雖不光采，卻也不得不說。」只聽秦耐之又道：「福大帥只差我們來瞧瞧馬姑娘的情形，但我們揣摩大帥之意，最好是迎接馬姑娘赴京。馬姑娘這時丈夫已經故世，無依無靠，何不就赴京去跟福大帥相聚？她兩個兒子父子相逢，從此青雲直上，大富大貴，豈不強於在鏢局子中廝混？胡兄弟，你勸勸馬姑娘吧！這件事辦得皆大歡喜，多半皇上知道了也龍顏大悅。」

胡斐心中混亂，他的說話也非無理，只其中總覺有甚不妥，至於甚麼不妥，卻又說不上來，沉吟半晌，問道：「那商寶震呢？怎麼跟你們在一起？」秦耐之道：「商寶震得他師叔王氏兄弟的舉薦，也在福大帥府裏當差。因他識得馬姑娘，是以一同南下。」

胡斐臉色一沉，道：「那麼他打死徐錚徐大哥，是出於福大帥的授意？」

秦耐之忙道：「那倒不是，福大帥貴人事忙，怎知馬姑娘已跟那姓徐的成婚？他只是心血來潮，想起了舊情，派幾個當差的南來打探一下消息。此刻已有兩個兄弟飛馬赴京趕報喜訊，福大帥得知他竟有兩位公子，這番高興自不用說了。」

這麼一說，胡斐心頭許多疑團，一時盡解。只覺此事怨不得馬春花，也怨不得福康安，商寶震殺徐錚固然不該，可是他已一命相償，也已無話可說，只是徐錚一生忠厚老實，明知二子非己親生，始終隱忍，到最後落得如此下場，深爲惻然，長長歎了口氣，說道：「秦大哥，此事已分剖明白，原是小弟多管閒事。」輕輕一縱，落在地下。

秦耐之見他落樹之時，自己絲毫不覺樹幹搖動，竟全沒在樹上借力，略一尋思，只覺得這門輕功委實深邃難測，自己再練十年，也決不能達此境界，不知他小小年紀，何以竟能有此功夫？他既覺驚異，又感沮喪，待得躍落地下，見胡斐早回進石屋去了。

程靈素在窗前久候胡斐不歸，早已心焦萬分，好容易盼得他歸來，見他神色黯然，似乎心中難過，也不相詢，只和他說些閒話。

過不多時，汪鐵鶚提了一大鍋飯、一大鍋紅燒肉送來石屋，還有三瓶燒酒。胡斐將酒倒在碗裏便喝。程靈素取出銀針，要試酒菜中是否有毒。胡斐道：「有馬姑娘在此，他們怎敢下毒？」馬春花臉上一紅，竟不過來吃飯。胡斐也不相勸，悶聲不響的將三瓶燒酒喝了個點滴不剩，吃了一大碗肉，卻不吃飯，醉醺醺的伏在桌上，納頭便睡。

胡斐次晨轉醒，見自己背上披了一件長袍，想是程靈素在晚間所蓋。她站在窗口，秀髮爲晨風一吹，微微飛揚。胡斐望著她苗條背影，心中混和著感激和憐惜之意，叫了聲：「二妹！」程靈素「嗯」的一聲，轉過身來。

胡斐見她睡眼惺忪，大有倦色，道：「你一晚沒睡嗎？啊，我忘了跟你說，有馬姑娘在此，他們不敢對咱們怎樣。」程靈素道：「馬姑娘半夜裏悄悄出屋，至今未回。她出去時輕手輕腳，怕驚醒了你，我也就假裝睡著。」胡斐微微一驚，轉過身來，果見馬春花所坐之處只剩下一張空櫈。

兩人打開屋門，走了出去，樹林中竟寂然無人，數十乘人馬，在黑夜裏已退得乾乾淨淨。樹上縛著兩匹坐騎，自是留給他們二人的。

再走出數丈，見林中堆著兩座新墳，墳前並無標誌，也不知那一座是徐錚的，那一座是商寶震的。胡斐心想：「雖一個是丈夫，一個是殺丈夫的仇人，但在馬姑娘心中，恐怕兩人也無多大差別，都是愛著她而她並不愛的人，都是爲了她而送命的不幸之人。」一想到此處，不由得喟然長歎，於是將秦耐之的說話向程靈素轉述了。

程靈素聽了，也黯然歎息，說道：「原來那瘦老頭兒是八極拳的掌門人秦耐之。他有個外號，叫作八臂哪吒。這種人在權貴門下作走狗，品格兒很低，咱們今後不用多理他。」胡斐道：「是啊。」

程靈素道：「馬姑娘心中喜歡福公子，徐錚就是活著，也只徒增苦惱。他小小一個倒霉的鏢師，怎能跟人家兵部尚書、統兵大元帥相爭？」胡斐道：「不錯，倒還是死了乾淨。」在兩座墳前拜了幾拜，說道：「徐大哥、商公子，你們生前不論和我有恩有怨，死後一筆勾銷。馬姑娘從此富貴不盡，你們兩位死而有知，也不用再記著她了。」

二人牽了馬匹，緩步出林。程靈素道：「大哥，咱們上那兒去？」胡斐道：「先找到客店，讓你安睡半日，再說別的，可別累壞了我的好妹子！」程靈素聽他說「我的好妹子」，心中說不出的歡喜，轉頭向他甜甜一笑。

在前途鎮上客店之中，程靈素酣睡半日，醒轉時已午後未時。她獨自出店，說要去買些物事，回來時手上捧了兩個大紙包，笑道：「大哥，你猜我買了些甚麼？」胡斐見紙上印著「老九福衣莊」的店號，道：「咱們又來黏鬍子喬裝改扮麼？」

程靈素打開紙包，每一包中都是一件嶄新衣衫，一男一女，男裝淡青，女裝嫩黃，均甚雅致。晚飯後程靈素叫胡斐試穿，衣袖長了兩寸，腋底也顯得太肥，取出剪刀針線，在燈下給他縫剪修改。

胡斐道：「二妹，我說咱們得上北京瞧瞧。」程靈素抿嘴一笑，道：「我早知道你要上北京啊，因此買兩件好一點兒的衣衫，否則鄉下大姑娘進京，不給人笑話麼？」胡斐笑道：「你眞想得週到。咱兩個鄉下人便要進京去會會天子腳底下的人物，福大帥這個掌門人大會，說是在中秋節開，咱們去瞧瞧，看看到底有些甚麼英雄豪傑。」這兩句話說得輕描淡寫，語意中卻自有一股豪氣。

程靈素手中做著針線，說道：「你想福大帥開這個掌門人大會，安著甚麼心眼兒？」胡斐道：「那自是想網羅人才了，他要天下英雄都投到他麾下。可是眞正的大英雄大豪傑，卻未必會去。」程靈素微笑道：「似你這等少年英雄，便不會去了。」胡斐道：「我算是那一門子的英雄？我說的是苗人鳳這一流的成名人物。」忽地歎了口氣，道：「倘若我爹爹在世，到這掌門人大會中去攪他個天翻地覆，那才叫人痛快呢。」

程靈素道：「你去跟這福大帥搗搗蛋，不也好嗎？我瞧還有一個人是必定要去的。」胡斐道：「誰啊？」程靈素微笑道：「這叫作明知故問了。你還是給我爽爽快快的說出來的好。」胡斐早已明白她心意，也不再假裝，說道：「她也未必一定去。」頓了一頓，又道：「這位袁姑娘是友是敵，我還弄不明白呢。」程靈素道：「如果每個敵人都送我一隻玉鳳兒，我倒盼望遍天下都是敵人才好……」

忽聽得窗外一個女子聲音說道：「好，我也送你一隻！」聲音甫畢，嗤的一響，一物射穿窗紙，向程靈素飛來。胡斐拿起桌上程靈素裁衣的竹尺，向那物一敲，擊落在桌，左掌揮出，燭火應風而滅。接著聽得窗外那人說道：「挑燈夜談，美得緊哪！」

胡斐聽話聲依稀便是袁紫衣的口音，胸口一熱，衝口而出：「是袁姑娘麼？」卻聽步聲細碎，頃刻間已然遠去。

胡斐打火重點蠟燭，只見程靈素臉色蒼白，默不作聲。胡斐道：「咱們出去瞧瞧。」程靈素道：「你去瞧吧！」胡斐「嗯」了一聲，卻不出去，拿起桌上那物看時，卻是一粒小小石子，心想：「此人行事神出鬼沒，不知何時躡上了我們，我竟毫不知覺。」明知程靈素要心中不快，但忍不住推開窗子，躍出窗外一看，四下裏自早無人影。

他回進房來，搭訕著想說甚麼話。程靈素道：「已很晚了，大哥，你回房安睡吧！」胡斐道：「我倒不倦。」程靈素道：「我可倦了，明日一早便得趕路呢。」胡斐道：「是。」自行回房。

這一晚他翻來覆去，總睡不安枕，一時想到袁紫衣，一時想到程靈素，一時卻又想到馬春花、徐錚和商寶震。直到四更時分，這才矇矇矓矓的睡去。

第二天還未起床，程靈素敲門進來，手中拿著那件新袍子，笑嘻嘻的道：「快起來，外面有好東西等著你。」將袍子放在桌上，翩然出房。

胡斐翻身坐起，披上身子一試，大小長短，無不合式，心想昨晚我回房之時，她一隻袖子也沒縫好，看來等我走後，她又縫了多時，於是穿了新衫，走出房來，向程靈素一揖，說道：「多謝二妹。」程靈素道：「多謝甚麼？人家還給你送了駿馬來呢。」

胡斐一愣，道：「甚麼駿馬？」走到院子中，只見一匹遍身光潔如雪的白馬繫在馬椿之上，正是昔年在商家堡見到趙半山所騎、後來袁紫衣乘坐的那匹白馬。

程靈素道：「今兒一早我剛起身，店小二便大呼小叫，說大門給小偷兒半夜裏打開了，不知給偷了甚麼東西。但前後一查，非但一物不少，院子裏反而多了一匹馬。這是縛在馬鞍子上的。」說著遞過一個小小絹包，上面寫著：「胡相公程姑娘同拆。」字跡娟秀。

胡斐打開絹包，不由得呆了，原來包裏又是一隻玉鳳，竟和先前留贈自己的一模一樣，心中立想：「難道我那隻竟失落了，還是給她盜了去？」伸手到懷中一摸，觸手生溫，那玉鳳好端端的便在懷中，取出來一看，兩隻玉鳳果然雕琢得全然相同，只是一隻鳳頭向左，一隻向右，顯是一對兒。

絹包中另有一張小小白紙，紙上寫道：「馬歸正主，鳳贈俠女。」胡斐又是一呆：「這馬又不是我的，怎說得上『馬歸正主』？難道要我轉還給趙三哥麼？」將簡帖和玉鳳遞給程靈素道：「袁姑娘也送了一隻玉鳳給你。」

程靈素一看簡帖上的八字，說道：「我又是甚麼俠女了？不是給我的。」胡斐道：「包上不明明寫著『程姑娘』？她昨晚又說：『好，我也送你一隻！』」程靈素淡然道：「既是如此，我便收下了。這位袁姑娘如此厚愛，我可無以為報了。」

兩人一路北行，途中再沒遇上何等異事，袁紫衣也沒再現身，但在胡斐和程靈素心中，時時刻刻均有個袁紫衣在。窗下閒談，窗外便似有袁紫衣在竊聽；山道馳騎，山背後便似有袁紫衣尾隨。兩人都絕口不提她名字，但嘴裏越迴避，心中越不自禁的要想到她。

兩人均想：「到了北京，總要遇著她了。」有時，盼望快些和她相見；有時，卻又盼望跟她越遲相見越好。

到北京的路程本來很遠，兩人千里並騎，雖只說些沿途風物，日常瑣事，但朝夕共處，互相照顧，良夜清談，共飲茶酒，未免情深，均覺倘若身邊眞有這個哥哥妹妹，實是人生之幸。長途跋涉，風霜交侵，程靈素卻顯得更加憔悴了。

但是，北京終於到了，胡斐和程靈素並騎進了都門。

進城門時胡斐向程靈素望了一眼，隱隱約約間似乎看到一滴淚珠落在地下塵土之中，只是她將頭偏著，沒能見到她容色。

胡斐心頭一震：「這次到北京來，可來對了嗎？」

其時正當乾隆中葉，昇平盛世。京都積儲殷富，天下精華，盡滙於斯。

胡斐和程靈素自正陽門入城，在南城一家客店之中要了兩間客房，午間用過麵點，相偕到各處閒逛，但見熙熙攘攘，瞧不盡的滿眼繁華。兩人不認得道路，只在街上隨意亂走。逛了個把時辰，胡斐買了兩個削了皮的黃瓜，與程靈素各自拿在手中，邊走邊吃。忽聽得路邊小鑼噹噹聲響，有人大聲吆喝，卻是空地上有一夥人在演武賣藝。胡斐喜道：「二妹，瞧瞧去。」

兩人擠入人叢，只見一名粗壯漢子手持單刀，抱拳說道：「兄弟使一路四門刀法，要請各位大爺指教。有一首『刀訣』言道：『禦侮摧鋒決勝強，淺開深入敵人傷。膽欲大兮心欲細，筋須舒兮臂須長。彼高我矮堪常用，敵偶低時我即揚。敵鋒未見休先進，虛刺僞扎引誘誆。引彼不來須賣破，眼明手快始爲良。淺深老嫩皆磕打，進退飛騰即躲藏。功夫久練方云熟，熟能生巧大名揚。』」

胡斐聽了，心想：「這幾句刀訣倒不錯，想來功夫也必強的。」只見那個漢子擺個門戶，單刀一起，展抹鉤剁，劈打磕扎，使了起來，自「大鵬展翅」、「金鷄獨立」，以至「獨劈華山」、「分花拂柳」，一招一式，使得倒有條不紊，但腳步虛浮，刀勢斜晃，功夫實不足一哂。

胡斐暗暗好笑，心道：「早便聽人說，京師之人大言浮誇的居多，這漢子吹得嘴響，使出來可全不是那會子事。」正要和程靈素離去，人羣中一人哈哈大笑，喝道：「兀那漢子，你使的是甚麼狗屁刀法？」

使刀漢子大怒，說道：「我這路是正宗四門刀，難道不對了麼？倒要請教。」

人羣中走出一條大漢，笑道：「好，我來教你。」這人身穿武官服色，體高聲宏，甚是威武。他走上前去，接過那賣武漢子手中單刀，瞥眼突然見到胡斐，呆了一呆，喜道：「胡大哥，你也到了北京？哈哈，你是使刀高手，就請你來露一露，讓這小子開開眼界，教他知道甚麼才是刀法。」當他從人圈中出來之時，胡斐和程靈素早已認出，此人正是鷹爪雁行門的汪鐵鶚。他在圍困馬春花時假扮盜夥，原來卻是現任有功名的武官。

胡斐知他心直口快，倒非奸滑之輩，微微一笑，道：「小弟的玩意兒算得甚麼？汪大哥，還是你顯一手。」汪鐵鶚心知自己的武功跟胡斐可差得太遠，有他在這裏，那裏還有自己賣弄的份兒？將單刀往地下一擲，笑道：「來來來，胡大哥，這位姑娘是姓……姓……姓程，對了，程姑娘，咱們同去痛飲三杯。兩位到京師來，在下這個東道是非做不可的了。」說著拉了胡斐的手，便闖出人叢。

那賣武的漢子怎敢和做官的頂撞？訕訕的拾起單刀，待三人走遠，又吹了起來。

汪鐵鶚一面走，一面大聲道：「胡大哥，咱們這叫做不打不成相識，你老哥的武功，在下實在佩服得緊。趕明兒我給你去跟福大帥說說，他老人家一見了你這等人才，必定歡喜重用，那時候啊，兄弟還得仰仗你照顧呢……」說到這裏，忽然放低聲音，道：「那位馬姑娘啊，我們接了她母子三人進京之後，現今住在福大帥府中，當真是享不盡的榮華富貴。福大帥甚麼都有了，就是沒兒子，這一下，那馬姑娘說不定便扶正做了大帥夫人，哈哈！你老哥早知今日，跟我們那場架也不會打了吧？」他越說越響，在大街上旁若無人的哈哈大笑。

胡斐聽著心中卻滿不是味兒，暗想馬春花在婚前和福康安早有私情，那兩個孩子也確是福康安的親骨肉，眼下她丈夫已故，再去跟福康安相聚，也沒甚麼不對，但一想到徐錚在樹林中慘死的情狀，不禁難過。

說話之間，三人來到一座大酒樓前。酒樓上懸著一塊金字招牌，寫著「聚英樓」三個大字。

酒保見到汪鐵鶚，忙含笑上來招呼，說道：「汪大人，今兒可來得早，先在雅座喝幾杯吧？」汪鐵鶚道：「好！今兒我請兩位體面朋友，酒菜可得特別豐盛。」酒保笑道：「那還用吩咐？」引著三人在雅座中安了個座兒，斟酒送菜，十分殷勤，顯然汪鐵鶚是這裏常客。

胡斐瞧酒樓中的客人，十之六七都穿武官服色，便不是軍官打扮，也大都是雄赳赳的武林豪客模樣，看來這酒樓是以做武人生意爲大宗。

京師烹調，果然大勝別處，酒保送上來的酒菜精美可口，卻不肥膩。胡斐連聲稱好。汪鐵鶚要爭面子，竟叫了滿桌菜肴。

兩人對飲了十幾杯，忽聽得隔房擁進一批人來，過不多時，便呼盧喝雉，大賭起來。一人大聲喝道：「九點天槓！通吃！」胡斐聽那口音甚熟，微微一怔，汪鐵鶚笑道：「是熟朋友！」大聲道：「秦大哥，你猜是誰來了？」胡斐立時想起，那人正是八極拳的掌門人秦耐之，只聽他隔著板壁叫道：「誰知你帶的是甚麼豬朋狗友？一塊兒滾過來賭幾手吧？」汪鐵鶚笑道：「你罵我不打緊，得罪了好朋友，可叫你吃不了兜著走呢！」站起身來，拉著胡斐的手說道：「胡大哥，咱們過去瞧瞧。」

兩人走到隔房，一掀門帘，只聽秦耐之吆喝道：「三點，梅花一對，吃天，賠上門！」他一抬頭，猛然見到胡斐，一呆之下，喜道：「啊，是你，想不到，想不到！」將牌一推，站起身來，伸手在自己額角上打了幾個爆栗，笑道：「該死，該死！我胡說八道，怎知是胡大哥駕到，來來來，你來推莊。」胡斐見房中聚著十來個武官，圍了一桌在賭牌九，秦耐之正在做莊。這十來個人，倒有一大半是扮過攔劫飛馬鏢局的大盜而和自己交過手的，使雷震擋姓褚的，使閃電錐姓上官的，使劍姓聶的，都在其內。

衆人見他突然到來，嘈成一片的房中刹時間寂靜無聲。

胡斐抱拳作個四方揖，笑道：「多謝各位相贈坐騎。」衆人謙遜幾句。那姓聶的便道：「胡大哥，你來推莊，你有沒帶銀子來？小弟今兒手氣好，你先使著。」說著將三封銀子推到他面前。

胡斐生性極愛結交朋友，對做官的雖無好感，但見這一干人對自己甚爲尊重，而他本來又喜賭錢，笑道：「還是秦大哥推莊，小弟來下注碰碰運氣。聶大哥，你先收著，待會輸乾了再問你借。」將銀子推還給那姓聶武官。轉頭問程靈素道：「二妹，你賭不賭？」程靈素抿嘴笑道：「我不會，我幫你捧銀子。」

秦耐之坐回莊家，洗牌擲骰。胡斐和汪鐵鶚便跟著下注。衆武官初時見到胡斐，均不免略覺尷尬，但幾副牌九一推，見他談笑風生，意態豪邁，宛然同道中人，絕口不提舊事，大夥也便各自凝神賭錢，不再介意。

胡斐有輸有贏，進出不大，心下盤算：「今日八月初九，再過六天就是中秋，那天下掌門人大會是福大帥所召集，定於中秋節大宴。鳳天南身為五虎門掌門人，他便不來，在會中總也可探聽到些這奸賊的訊息端倪。眼前這班人都是福大帥的得力下屬，不妨跟他們打打交道。我不是甚麼掌門人，但只要他們帶攜，在會上陪那些掌門人喝一杯總行。」當下不計輸贏，隨意下注，牌風竟然甚順，沒多久已贏了三四百兩銀子。

賭了一個多時辰，天色已晚，各人下注也漸漸大了起來。忽聽得靴聲橐橐，門帘掀開，走進三個人來。汪鐵鶚一見，立時站直身子，恭恭敬敬的道：「大師哥，二師哥，您兩位都來啦。」圍在桌前賭博的人也都紛紛招呼，有的叫「周大爺，曾二爺」，有的叫「周大人，曾大人」，神色間都頗恭謹。

胡斐和程靈素一聽，心道：「原來是鷹爪雁行門的周鐵鷦、曾鐵鷗到了，這兩人威風不小啊。」見那周鐵鷦短小精悍，身長不過五尺，五十來歲年紀，卻已滿頭白髮。曾鐵鷗年近五十，身裁高瘦，手裏拿著個鼻煙壺，馬褂上懸著條金鍊，頗有些旗人貴族氣派。胡斐看那第三人時，微微一怔，卻是當年在商家堡中會過面的天龍門殷仲翔，見他兩鬢斑白，已老了不少。殷仲翔的眼光在胡斐臉上掠過，見他只是個外來的少年，毫沒在意。當年兩人相見時，胡斐是個十三四歲的孩子，這時身量一高，相貌也變了，那裏還認得出來？

秦耐之站起身來，說道：「周大哥，曾二哥，我給你引見一位朋友，這位是胡大哥，挺俊的身手，爲人又極夠朋友，今兒剛上北京來。你們三位多親近親近。」

周鐵鷦向胡斐點了點頭，曾鐵鷗笑了笑，說聲：「久仰！」兩人武功卓絕，在京師享盛名已久，自不將這樣一個外地少年瞧在眼裏。

汪鐵鶚瞧著程靈素，大是奇怪：「你說跟我大師哥、二師哥相熟，怎地不招呼啊？」他那想到程靈素當日乃信口胡吹。程靈素猜到他心思，微微一笑，點了點頭，眨眨眼睛。汪鐵鶚只道其中必有緣故，也就不便多問。

秦耐之又推了兩副莊，便將莊讓給了周鐵鷦。這時曾鐵鷗、殷仲翔等一下場，落注更大了。胡斐手氣極旺，連買連中，不到半個時辰，已贏了近千兩銀子。周鐵鷦這莊卻是極霉，將帶來的銀子和莊票輸了十之七八，這時一把骰子擲下來，拿到四張牌竟是二三關，賠了副通莊，將牌一推，說道：「我不成，二弟，你來推。」

曾鐵鷗的莊輸輸贏贏，不旺也不霉，胡斐卻又多贏了七八百兩，只見他面前堆了好大一堆銀子。曾鐵鷗笑道：「鄉下老弟，賭神菩薩跟你接風，你來做莊。」

胡斐道：「好！」洗了洗牌，擲過骰子，拿起牌來一配，頭道八點，二道一對板櫈，竟吃了兩家。

周鐵鷦輸得不動聲色，曾鐵鷗更瀟洒自若，抽空便說幾句俏皮話。殷仲翔發起毛來，不住的喃喃咒罵，後來輸得急了，將剩下的二百來兩銀子孤注一擲，押在下門，一開牌出來，三點吃三點，九點吃九點，竟又輸了。殷仲翔臉色鐵青，伸掌在桌上一拍，砰的一聲，滿桌的骨牌、銀兩、骰子都跳了起來，破口罵道：「這鄉下小子骰子裏有鬼，那裏就有這等巧法，三點吃三點，九點吃九點？便是牌旺，也不能旺得這樣！」

秦耐之忙道：「殷大哥，你別胡言亂語，這位胡大哥是好朋友！骰子是咱們原來的，誰也沒動過換過。」眾人望望殷仲翔，瞧瞧胡斐的臉色，見過胡斐身手之人都想：殷仲翔說他賭牌欺詐弄鬼，他決不肯干休，這場架一打，殷仲翔準要倒大霉。

不料胡斐只笑了笑，道：「賭錢總有輸贏，殷大哥推莊罷。」殷仲翔霍地站起，從腰間解下佩劍，眾人只道他要動手，卻不勸阻。武官們賭錢打架，那是家常便飯，稀鬆平常之至。

那知殷仲翔將佩劍往桌上一放，說道：「我這口劍少說也值七八百兩銀子，便跟你賭五百兩！」那劍的劍鞘金鑲玉嵌，甚是華麗，單是瞧這劍鞘，便已價值不菲。

胡斐笑道：「好！該賭八百兩才公道。」殷仲翔拿過骨牌骰子，道：「我只跟你這鄉下小子賭，不受旁人落注，咱們一副牌決輸贏！」胡斐從面前的銀子堆中取過八百兩，推了出去，說道：「這裏八百兩銀子，你擲骰吧！」

殷仲翔雙掌合住兩粒骰子，搖了幾搖，吹一口氣，擲了出來，一粒五，一粒四，共是九點。他拿起第一手的四張牌，一看之下，臉有喜色，喝道：「鄉下小子，這一次你弄不了鬼吧！」左手一翻，是副九點，右手砰的一翻，竟是一對天牌。

胡斐卻不翻牌，用手指摸了摸牌底，配好了前後道，合撲排在桌上。殷仲翔喝道：「鄉下小子，翻牌！」他只道已經贏定，伸臂便將八百兩銀子攞到了身前。汪鐵鶚叫道：「別性急，瞧過牌再說。」胡斐伸出三根手指，在自己前兩張牌上輕輕一拍，又在後兩張牌上一拍，手掌一掃，便將四張合著的骨牌推入了亂牌，笑道：「殷大哥贏啦！」殷仲翔大是得意，正要誇口，突然「咦」的一聲叫，望著桌子，登時呆住。

眾人順著他目光瞧去，只見朱紅漆的桌面之上，清清楚楚的印著四張牌的陽紋，前兩張是一對長三，後兩張一張三點，一張六點，合起來竟是一對「至尊寶」，四張牌紋路分明，留在桌上點子一粒粒的凸起，顯是胡斐三根指頭這麼一拍，便以內力在紅木桌上印了下來。聚賭之人個個都是會家，一見如此內力，不約而同的齊聲喝采。

殷仲翔滿臉通紅，連銀子帶劍，一齊推到胡斐身前，站起身來，轉頭便走。胡斐拿起佩劍，說道：「殷大哥，我又不會使劍，要你的劍何用？」雙手遞了過去。

殷仲翔卻不接劍，說道：「請教尊駕的萬兒。」胡斐還未回答，汪鐵鶚搶著道：「這位朋友大號胡斐。」殷仲翔喃喃的道：「胡斐，胡斐？」突然一驚，說道：「啊，在山東商家堡……」胡斐笑道：「不錯，在下曾和殷爺有過一面之緣，殷爺別來安健？」殷仲翔臉如死灰，接過佩劍往桌上一擲，說道：「怪不得，怪不得！」掀開門簾，大踏步走了出去。

房中眾武官紛紛議論，都讚胡斐內力了得，又說殷仲翔輸得寒蠢，牌品太也差勁。

周鐵鷦緩緩站起，指著胡斐身前那一大堆銀子道：「胡兄弟，你這裏一共有多少銀子？」胡斐道：「四五千兩吧！」周鐵鷦搓著骨牌，在桌上慢慢推動，慢慢砌成四條，然後從懷中摸出一個大封袋來，放在身前，道：「來，我跟你賭一副牌。要是我贏，贏了你這四五千兩銀子和佩劍。倘若是你牌好，把這個拿去。」

眾人見那封袋上甚麼字也沒寫，不知裏面放著些甚麼，都想，他好容易贏了這許多銀子，怎肯一副牌便輸給你？又不知你這封袋裏是甚麼東西，要是只有一張白紙，豈不白白的做了冤大頭？那知胡斐想也不想，將面前大堆銀子盡數推了出去，也不問他封袋中放著甚麼，說道：「賭了！」

周鐵鷦和曾鐵鷗對望一眼，各有嘉許之色，似乎說這少年瀟洒豪爽，氣派不凡。

周鐵鷦拿起骰子，隨手一擲，擲了個七點，讓胡斐拿第一手牌，自己拿了第三手，輕描淡寫的一看，翻過骨牌，啪啪兩聲，在桌上連擊兩下。眾人一呆，跟著歡呼叫好，原來四張牌分成一前一後的兩道，平平整整的嵌在桌中，牌面與桌面相齊，便是請木匠來在桌面上挖了洞，將骨牌鑲嵌進去，也未必有這般平滑。但這一手牌點子卻是平平，前五後六。

胡斐站起身來，笑道：「周大爺，對不起，我可贏了你啦！」右手一揮，啪的一聲響，四張牌同時擲下，這四張牌竟也是分成前後兩道，平平整整的嵌入桌中，牌面與桌面相齊。周鐵鷦分了牌以手勁先後直擊，使的是他本門絕技鷹爪力，那是他數十年苦練的外門硬功，原已著實了得，豈知胡斐舉牌凌空一擲，也能嵌牌入桌，而且四張牌自行分成兩道，這一手功夫可就遠勝了，何況周鐵鷦連擊兩下，胡斐卻只憑一擲。

眾人驚得呆了，連喝采也都忘記。周鐵鷦神色自若，將封袋推到胡斐面前，說道：「你今兒牌風眞旺。」眾人這時才瞧清楚了胡斐這一手牌，原來是八八關，前一道八點，後一道也是八點。

胡斐笑道：「一時鬧玩，豈能當眞！」將封袋推了回去。周鐵鷦皺眉道：「胡兄弟，你倘若不收，那是損我姓周的賭錢沒品啦！這一手牌如是我贏，我豈能跟你客氣？這是我今兒在宣武門內買的一所宅子，也不算大，不過四畝來地。」說著從封袋中抽出一張黃澄澄的紙來，原來是一張屋契。旁觀眾人都吃了一驚，心想這一場賭博當眞豪闊得可以，宣武門內一所大宅子，少說也值得六七千兩銀子。

周鐵鷦將屋契推到胡斐身前，說道：「今兒賭神菩薩跟定了你，沒得說的。牌局不如散了吧。這座宅子你要推辭，便是瞧我姓周的不起！」胡斐笑道：「既是如此，做兄弟的卻之不恭。待收拾好了，請各位大哥過去大賭一場，兄弟福氣薄，準定住不起這等好宅子，這大宅子多半轉眼間又得換個主兒。」眾人轟然答應。

周鐵鷦拱了拱手，逕自與曾鐵鷗走了。汪鐵鶚見大師哥片刻之間將一座大宅輸去，竟面不改色，他一顆心反而撲通撲通的跳個不住。

當下胡斐向秦耐之、汪鐵鶚等人作別，和程靈素回到客店。秦耐之吩咐酒樓伙計，捧了銀子跟著送去。胡斐每名伙計賞了五十兩銀子。

待眾伙計道謝出店，程靈素笑道：「胡大爺命中註定要作大財主，便推也推不掉，在義堂鎮有人奉送莊園田地，那知道第一天到北京，又贏了一所大宅子。」胡斐道：「這姓周的倒也豪氣，瞧他瘦瘦小小，貌不驚人，那一手鷹爪力可著實不含糊，想不到官場之中還有這等人物。」程靈素道：「你贏的這所宅子拿來幹麼呀？自己住呢，還是賣了它？」胡斐道：「說不定明天一場大賭，又輸了出去，難道賭神菩薩當眞隨身帶嗎？」

次晨兩人起身，剛用完早點，店夥帶了一個中年漢子過來，道：「胡大爺，這位大爺有事找你。」胡斐見這人帶了一副墨鏡，長袍馬褂，衣服光鮮，指甲留得長長的，卻不相識。

這人右腿半曲，請了個安，道：「胡大爺，周大人吩咐，問胡大爺甚麼時候有空，請過宣武門內瞧瞧那座宅子。小人姓全，是那宅子的管家。」胡斐好奇心起，向程靈素道：「二妹，咱們這就瞧瞧去。」

那姓全的恭恭敬敬引著二人來到宣武門內。胡斐和程靈素見那宅子朱漆大門，黃銅大門釘，石庫門牆，青石踏階，著實齊整。一進大門，是座好考究的四合院，自前廳、後廳、偏廳，以至廂房、花園，無不陳設精致，用具畢備。那姓全的道：「胡大爺倘若合意，便請搬過來。曾大人叫了一桌筵席，說今晚來向胡大爺恭賀喬遷。周大人、汪大人他們都要來討一杯酒喝。」

胡斐哈哈大笑，道：「他們倒想得周到，那便一齊請吧！請周大人、曾大人、汪大人多帶幾位朋友，一桌如坐不下，你多叫一桌酒席，酒菜定要上等！」全管家道：「小人理會得。」躬身退了出去。

程靈素待他走遠，道：「大哥，這座大宅子只怕值二萬兩銀子也不止。這件事大不尋常。」胡斐點頭道：「不錯，你瞧這中間有甚麼蹊蹺？」程靈素微笑道：「我想總是有個人在暗暗喜歡你，因此故意接二連三，一份一份的送你大禮。」

胡斐知她在說袁紫衣，臉上一紅，搖了搖頭。程靈素笑道：「我是跟你說笑呢。我大哥慷慨豪俠，也不會把這些田地房產放在心上。這送禮之人，決不是你的知己，否則的話，還不如送一隻玉鳳凰。這送禮的若非怕你，便是想籠絡你。嗯，誰能有這麼大手筆啊？」胡斐凜然道：「是福大帥？」程靈素道：「我瞧有點兒像。他手下用了這許多人，有哪一個及得上你？再說，馬姑娘既得他寵幸，也總得送你一份厚禮。他們知你性情耿直，不能輕易收受豪門財物，於是派人在賭台上送給你。」

胡斐覺她推測有幾分像，說道：「嗯。他們消息也眞靈。我們第一天到北京，就立刻讓我大贏一場。」程靈素道：「我們又沒喬裝改扮，多半一切早安排好了，只等我們到來。跟汪鐵鶚相遇是碰巧，在聚英樓中一賭，訊息報了出去，周鐵鷦拿了屋契就來了。」胡斐點頭道：「你猜得有理。昨晚周鐵鷦既有意要輸，那一注便算是我輸了，他再賭下去，總有法子教我贏了這座宅子。」

程靈素道：「那你怎生處置？」胡斐道：「今晚我再跟他們賭一場，想法子把宅子輸出去，瞧我有沒這個手段。」程靈素笑道：「兩家都要故意賭輸，這一場交手，卻也熱鬧得緊。」

當日午後申牌時分，曾鐵鷗著人送了一席極豐盛的魚翅燕窩席來。那姓全的管家率領僕役，在大廳上佈置得燈燭輝煌，喜氣洋洋。

汪鐵鶚第一個到來。他在宅子前後左右走了一遭，不住口的稱讚這宅子堂皇華美，又大讚胡斐昨晚賭運亨通，手氣奇佳。胡斐心道：「這汪鐵鶚性直，瞧來不明其中過節，待會我如將這宅子輸了給他，他兩個師兄不知要如何處置，倒有一場好戲瞧呢。」

不久周鐵鷦、曾鐵鷗師兄弟倆到了，姓褚、姓上官、姓聶的三人到了。過不多時，秦耐之哈哈大笑的進來，說道：「胡兄弟，我給你帶了兩位老朋友來，你猜猜是誰？」

他身後走進三個人來。最後一人是昨天見過的殷仲翔，經了昨晚之事，他居然仍來，倒頗出胡斐意料之外。其餘兩人容貌相似，都是精神矍鑠的老者，看來甚是面善，胡斐微微一怔，待看到兩人腳步落地時腳尖稍斜向裏，正是八卦門功夫極其深厚之象，當即省悟，搶上恭恭敬敬的行禮，說道：「王大爺、王二爺兩位前輩駕到，晚輩今日眞夠光采了。多年不見，兩位精神更健旺了。」這兩人正是八卦門王劍英、王劍傑兄弟。

十二人歡呼暢飲，席上說的都是江湖上英雄豪傑之事。王劍傑提到當年在商家堡中，衆人如何遭困鐵廳，身遭火灼之危，如何虧得小胡斐智勇雙全，奮身解圍。秦耐之、周鐵鷦等聽了，更大讚不已。

程靈素目澄如水，脈脈的望著胡斐，心想這些英雄事蹟，你一路上從來不說。筵席散後，眼見一輪明月湧將上來，這天是八月初十，雖已立秋，仍頗炎熱，那叫作「桂花蒸」。全管家在花園亭中擺設瓜果，請衆人乘涼消暑。胡斐道：「各位先喝杯清茶，咱們再來大賭一場。」衆人轟然叫好，來到花園的涼亭中坐下。

沒講論得幾句，忽聽得廊上傳來一陣喧嘩，卻是有人與全管家大聲吵嚷，接著全管家「啊喲」一聲大叫，砰的一響，似給人踢了個觔斗。

只見一條鐵塔似的大漢飛步闖進亭來，伸手在桌上一拍，嗆啷啷一陣響處，茶杯果盤等物，摔得一地。那大漢指著周鐵鷦，粗聲道：「周大哥，這卻是你的不是了。這座宅子我賣給你一萬五千兩銀子，那可是半賣半送，衝著你周大哥的面子，做兄弟的還能計較麼？不料一轉眼間，你卻拿去轉送了別人，我這個虧可吃不起！請大家來評評這個理，我姓德的能做這冤大頭麼？」

周鐵鷦冷冷的道：「你錢不夠使，好好的說便了。這是好朋友家裏，你來胡鬧甚麼？」那黑大漢一張臉脹得黑中泛紅，伸手又往桌上拍去。周鐵鷦左手翻轉勾帶，將他右腕牢牢抓住，別瞧周鐵鷦身材矮小，站起來不過剛及那大漢的肩膀，但那大漢右手讓他一抓，猶似給一個鐵箍箍住了，竟掙扎不脫。

周鐵鷦拉著他走到亭外，低聲跟他說了幾句話。那大漢兀自不肯依從，呶呶不休。

周鐵鷦惱了起來，雙臂一推。那大漢站立不定，跌出幾步，撞在一株梅樹之上，喀喇一聲，撞斷了老大兩根椏枝。周鐵鷦喝道：「姓德的莽夫，給我在外邊侍候著，不怕死的便來囉唆！」那大漢撫著背上的痛處，低頭趨出。

曾鐵鷗哈哈大笑，說道：「這莽夫慣常掃人清興，大師哥早就該好好揍他一頓。」周鐵鷦微笑道：「我就瞧著他心眼兒還好，也不跟他一般見識。胡大哥，倒教你見笑了。」胡斐道：「好說，好說。既然這宅子他賣得便宜了，兄弟再補他幾千兩銀子便是。」周鐵鷦忙道：「胡大哥說那裏話來？這件事兄弟自會料理，不用你操心。倒是那個莽撞之徒，無意中得罪了胡大哥，他原不知胡大哥如此英雄了得，既做下了事來，此刻委實後悔莫及。兄弟便叫他來向胡大哥敬酒賠禮，衝著兄弟和這裏各位的面子，胡大哥便不計較這一遭如何？」

胡斐笑道：「賠禮兩字，休要提起。既是周大哥的朋友，請他一同來喝一杯吧！」周鐵鷦站起身來，說道：「胡大哥是少年英雄，我們全都誠心結交你這位朋友。那莽夫做錯了事，我們大夥兒全派他的不是。胡大哥大人大量，務請不要介懷。」胡斐道：「些些小事何必掛齒？周大哥說得太客氣了。」周鐵鷦一躬到地，說道：「兄弟先行謝過。」曾鐵鷗和秦耐之也同時起身作揖，說道：「我們一齊多謝了。」胡斐忙站起還禮。周鐵鷦道：「我去叫那莽夫來，跟胡大哥賠罪。」說著轉身出外。

胡斐和程靈素對望了一眼，均想：「這莽夫雖然鹵莽粗魯了些，但周鐵鷦這番賠禮的言語，卻未免過於鄭重。不知這黑大漢是甚麼門道？」

過了片刻，只聽得腳步聲響，園中走進兩個人來。周鐵鷦攜著一人之手，笑道：「莽夫啊莽夫，快敬胡大哥三杯！你們這叫不打不成相識，胡大哥答允原諒你啦。他大丈夫一言既出，駟馬難追。今日便宜了你這莽夫！」

胡斐霍地站起，飄身出亭，左足一點，先搶過去擋住了那人的退路，鐵青著臉，厲聲說道：「周大人，你鬧甚麼玄虛？我若不殺此人，我胡斐枉稱頂天立地的男子漢！」

進園來這人，正是廣東佛山鎮上殺害鍾阿四全家的五虎門掌門人鳳天南！

胡斐此時已然心中雪亮，原來周鐵鷦安排下圈套，命一個莽夫來胡鬧一番，然後套得他的言語，要自己答允原諒一個莽夫。他想起鍾阿四全家慘死的情狀，熱血上湧，目光中似要迸出火來。

周鐵鷦道：「胡大哥，我跟你直說了罷。義堂鎮上的田地房產，全是這莽夫送的。這一座宅子和傢俬，也全是這莽夫買的。他跟你賠不是之心，說得上誠懇之極了。大丈夫拿得起放得下，過去的小小怨仇，何必放在心上？鳳老大，快給胡大哥賠禮吧！」

胡斐見鳳天南雙手抱拳，意欲行禮，雙臂一張，說道：「且慢！」向程靈素道：

「二妹，你過來！」程靈素快步走到他身邊，並肩站著。

胡斐朗聲說道：「各位請了！姓胡的結交朋友，憑的是意氣相投，是非分明。咱們吃喝賭博，那算不了甚麼，便是市井小人，也豈不相聚喝酒賭錢？大丈夫義氣爲先，以金銀來討好胡某，可把胡某人的人品瞧得一錢不值了！」曾鐵鷗笑道：「胡大哥可誤會了。鳳老大贈送一點薄禮，也只是略表敬意，那裏敢看輕老兄了？」

胡斐右手一擺，說道：「這姓鳳的在廣東作威作福，爲了謀取鄰舍一塊地皮，將人家一家老小害得個個死於非命。我胡斐和鍾家非親非故，既伸手管上了這件事，便跟這姓鳳的惡棍誓不並存於天地之間。倘若要得罪好朋友，那也勢非得已，要請各位見諒。周大哥，這張屋契請收下了。」從懷中摸出套著屋契的信封，輕輕一揮，信封直飄到周鐵鷦面前。

周鐵鷦只得接住，待要交還給他，卻想憑著自己手指上的功夫，難以這般平平穩穩的將信封送到他面前。

只聽胡斐朗聲道：「這裏是京師重地，天子腳底下的地方，這姓鳳的又不知有多少好朋好友，但我胡斐今晚豁出了性命，定要動一動他。是姓胡的好朋友便不要攔阻，是姓鳳的好朋友，大夥兒一齊上吧！」說罷雙手叉腰一站。

他明知北京城中高手如雲，這鳳天南既敢露面，自是有備而來，別說另有幫手，單就王氏兄弟、周曾二人，便極不好鬥，何況周鐵鷦等用心良苦，對自己給足了面子，對這些江湖朋友的好意全然不顧，人情上確也覺說不過去，但他想大丈夫不能只顧一時情面，將是非天良全然不理，想起鍾阿四一家慘死，心中憤慨已極，早將生死置之度外。

周鐵鷦哈哈一笑，說道：「胡大哥既不給面子，我們這和事老是做不成啦。鳳老大你這便請罷，咱們還要喝酒賭錢呢。」

胡斐好容易見到鳳天南，那裏還容他脫身？雙掌一錯，便向鳳天南撲去。

周鐵鷦眉頭一皺，道：「這也未免太過份了吧！」左臂橫伸攔阻，右手卻翻成陰掌，暗伏了一招「倒曳九牛尾」的擒拿手，意欲抓住胡斐手腕，就勢迴拖。

胡斐既然出手，早把旁人的助拳打算在內，但心想：「你們面子上對我禮貌周到，我對你們也就決不先行出手。」見周鐵鷦伸手抓來，更不還手，讓他一把抓住腕骨，扣住了自己脈門。

周鐵鷦大喜，暗想：「秦耐之、鳳老大他們把這小子的本事誇上了天去，早知不過如此，何必跟他這般低聲下氣？」口中仍說：「不要動手！」運勁急拖，斗然間只覺胡斐的腕骨堅硬如鐵，跟著湧到一股反拖之力，以硬對硬，周鐵鷦立足不定，立即鬆手，一個踉蹌，身不由主的向前跌出三步。

這擒拿手拖打，本是鷹爪雁行門拿手絕技，周鐵鷦於此下了幾十年功夫，在本門固是第一，在當世武林也算得首屈一指，不料胡斐偏偏就在這功夫上，挫敗了這一門的掌門大師兄。

兩人交換這一招，只瞬息間的事。鳳天南已扭過身軀，向外便奔。胡斐撲過去疾劈一掌，鳳天南迴手抵住。曾鐵鷗道：「好好兒的喝酒賭錢，何必傷了和氣？」右手五根手指成鷹爪之勢，抓向胡斐背心。他似是好意勸架，其實卻施了殺手。但見胡斐一意向鳳天南進攻，對身後的襲擊竟似不知，那姓聶的忍不住叫道：「胡大哥，小心！」嚓的一響，曾鐵鷗五指已落在胡斐背上，但著指之處，似是抓到了一塊又韌又厚的牛筋。胡斐背上肌肉一彈，便將他五根手指彈開。

眼見周曾兩人攔阻不住，殷仲翔從斜刺裏竄到，他今日到來，本意便是要和胡斐動手，找回昨天的臉面，更不假作勸架，揮拳向胡斐面門打去。胡斐頭一低，左掌搭上了他背心，吐氣揚聲，「嘿」的一聲，殷仲翔直飛出去，勢道猛烈，撞向鳳天南。這一下胡斐原沒想能撞倒鳳天南，但他只要閃身避開，殷仲翔的腦袋便撞上一座假山，勢在非伸手擋救不可，只這麼一緩，便逃不脫了。豈知鳳天南自顧逃命要緊，雖見殷仲翔出力救援自己，卻不顧他死活，反而左足在他背心一撐，借力躍向圍牆。殷仲翔爲兩股力道夾擊，砰的一響，撞上了假山，滿頭鮮血，立時暈去。

旁觀衆人個個都是好手，鳳天南這一下太過欠了義氣，如何瞧不出來？王氏兄弟本欲出手，只忌憚胡斐了得，未必討得了好，正自遲疑，見鳳天南只顧逃命，反害朋友，兄弟倆對望一眼，臉上各現鄙夷之色，便不肯出手了。

胡斐心想：「讓這奸賊逃出圍牆，不免多費手腳。何況圍牆外他說不定尚有援兵。」見他雙足剛要站上牆頭，立即縱身躍起，搶上攔截。

鳳天南剛在牆頭立定，突見身前多了一人，月光下看得明白，正是死對頭胡斐，這一驚當眞非同小可，右腕翻處，一柄明晃晃的匕首自下撩上，向他小腹疾刺過去。

胡斐急起左腿，足尖踢中他手腕，匕首直飛起來，落到了牆外。當此生死關頭，鳳天南出手也臻狠辣極致，在這圍牆頂上尺許之地近身肉搏，招數更加迅捷淩厲，一匕首沒刺中，左拳跟著擊出。胡斐更不回手，前胸挺出，運起內勁，硬擋了他這一拳，砰的一聲，鳳天南給自己的拳力震了回來，立足不定，摔下圍牆。

胡斐跟著躍下，舉足踏落。鳳天南打滾避過，雙足使勁，再度躍向牆頭。胡斐不容他再在牆頭立足，雙手一揮，「一鶴沖天」，跟著竄高，卻比鳳天南高了數尺，落下時正好騎正他肩頭，雙腿夾住他頭頸。鳳天南呼吸閉塞，自知無倖，閉目待死。

胡斐心道：「奸賊！今日教你惡貫滿盈！」提起手掌，運勁便往他天靈蓋拍落。

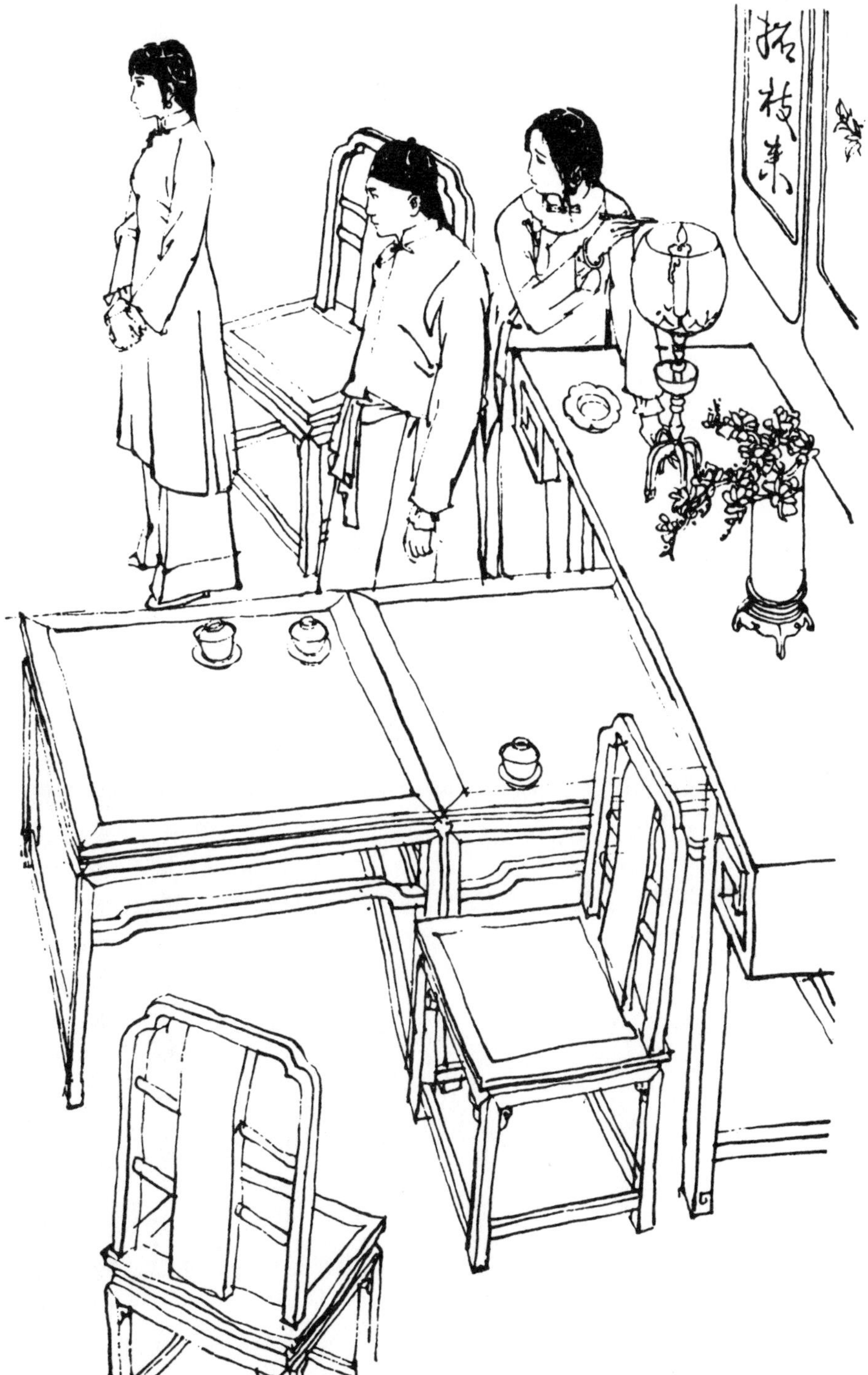

三人默默無言，各懷心事，但聽得窗外雨點打在殘荷竹葉之上，淅瀝有聲，燭淚緩緩垂下。程靈素拿起燭台旁的小銀筷，挾下燭心。室中一片寂靜。

第十四章　紫羅衫動紅燭移

突覺背後金刃掠風，一人嬌聲喝道：「手下留人！」喝聲未歇，刀鋒已及後頸。這一下來得好快，胡斐手掌不及拍下，急忙側頭，避開了背後刺來的一刀，迴臂反手，去勾身後敵人的手腕。那人身手矯捷，一刺不中，立時變招，唰唰兩匕首，分刺胡斐雙脅。胡斐轉不過身來，只得縱身離了鳳天南肩頭，向前一撲。那人如影隨形，著著進逼。

胡斐從那人身法招數之中，已然料到是誰，心中一陣喜悅，一陣惱怒，低聲道：「袁姑娘，幹麼老是跟我爲難？」回過頭來，見手持匕首那人紫衫雪膚，頭包青巾，正是袁紫衣。

月光下但見她似嗔似笑，說道：「我要領教胡大哥空手入白刃的功夫！」胡斐道：「來日方長，不忙在此刻。」縱身又撲向鳳天南，袁紫衣搽身而上，匕首直指他咽喉。這一招攻其不得不救，胡斐只得沉肘反打，斜掌劈她肩頭。霎那之間，兩人以快打快，交換了十來招，刀光閃動，掌影飛舞，匕掌相距對方不逾咫尺，旁觀眾人均感驚心動魄。

周鐵鷦、曾鐵鷗、王氏兄弟等都不識得袁紫衣，突然見她在鳳天南命在頃刻之際現身相救，武功又如此了得，無不驚詫。但見這兩人出手奇快，眾人瞧得眼都花了，猛聽得胡斐一聲呼叱，兩人同時翻上圍牆，跟著又同時躍到了牆外。

袁紫衣的匕首翻飛擊刺，招招不離胡斐要害，出手狠辣凌厲，直如性命相搏一般。胡斐那敢怠慢，凝神接戰，耳聽得鳳天南縱聲長笑，叫道：「胡家小兄弟，老哥哥失陪了，咱們後會有期。」笑聲愈去愈遠，黑夜中遙遙聽來，便似梟鳴。

胡斐大怒，急欲搶步去追，卻給袁紫衣纏住了，脫身不得。他越發恚怒，喝道：「袁姑娘，在下跟你無怨無仇……」一言未畢，白光閃動，匕首已然及身。

高手過招，生死決於俄頃，萬萬急躁不得，胡斐的武功只比袁紫衣稍勝半籌，但一個空手，一個有刀，形勢已然扯平，他眼睜睜的見仇人再次逃走，一分心，竟給刺中了左肩。嗤的一聲，匕首劃破肩衣，這時袁紫衣右手只須乘勢一沉，胡斐肩頭勢須重傷筋骨，那知她手腕斜翻，反向上挑。胡斐肩上只感微微一涼，絲毫未損，心中一怔：「你又何必手下容情？」

袁紫衣格格嬌笑，倒轉匕首，向他擲了過去，跟著自腰間撤出軟鞭，笑道：「胡大哥，別生氣！咱們公公平平的較量一場。」

胡斐正要伸手去接匕首，忽聽牆頭程靈素叫道：「用刀吧！」將他單刀擲下。原來程靈素見他赤手空拳，生怕失利，已奔進房去將他的兵刃拿了出來。

袁紫衣叫道：「好體貼的妹子！」突然軟鞭揮起，掠向高牆。程靈素縱身躍入。袁紫衣的軟鞭在牆頭搭住，一借力，便如一隻大鳥般飛了進去，月光下衣袂飄飄，宛若仙子凌空。她身子尚未落地，呼的一鞭，向程靈素背心擊去，叫道：「程家妹子，接我三招。」

程靈素側身低頭，讓過了一鞭，但袁紫衣變招奇快，左迴右旋，登時將她裹在鞭影之中。胡斐知程靈素決不是她敵手，此刻若去追殺鳳天南，生怕袁紫衣竟下殺手，縱然失去機緣，也只索罷了，躍進園中，挺刀叫道：「你要較量，找我好了！」

袁紫衣道：「好體貼的大哥！」迴過軟鞭，來捲胡斐刀頭。

兩人各使稱手兵刃，這一搭上手，情勢與適才又自不同。胡斐使的是家傳胡家刀法，剛中有柔，柔中有剛，迅捷時似閃電奔雷，沉穩處如淵停嶽峙。袁紫衣的鞭法也縱橫靈動，大是名手風範。頃刻之間，兩人已拆了三十餘招，當眞是鞭揮去如靈蛇矯夭，刀砍來若猛虎翻撲。

秦耐之、周鐵鷦、王氏兄弟等無不駭然：「這兩人小小年紀，武功上竟有這等造詣！」其實兩人這時比拚兵刃，都還只使出六七成功夫，胡斐見袁紫衣每每在要緊關頭不下殺著，自己刀下也就容讓幾分，一面打，一面思量：「她如此對我，到底是甚麼用意？」兩人手下既然容讓，在要緊關頭顧念到對手安危，心中自不免柔情暗生。

適才周鐵鷦、曾鐵鷗、殷仲翔三人出手對付胡斐，均沒討得了好去，衆武官心知單打獨鬥不是他對手，眼見袁紫衣纏住了他，正是下手良機，各人使個眼色，裝作凝目觀戰，卻散在兩人身周，慢慢逼近，俟機合擊胡斐。

凡武學高手，出手時無不眼觀六路，耳聽八方，周鐵鷦等這般神態，胡斐自都瞧在眼裏，不禁暗暗焦急：「這批人就要一擁而上，我要脫身雖然不難，卻分不出手來照顧二妹了。」一瞥間，見程靈素站在一旁，神色自若，心想：「只有先將袁姑娘打退，再來對付旁人。」言念及此，唰唰唰連砍三刀，均是胡家刀法中的厲害家數。

袁紫衣一避二擋，喝采道：「好刀法！」突然迴過長鞭，竟不抵擋胡斐刺向自己腰間的刀尖，一招「凰鳳三點頭」，向曾鐵鷗、周鐵鷦、秦耐之三人的面門各點一鞭。

這一招來得好不突兀，三人急忙後躍，曾鐵鷗終於慢了一步，鞭端在額頭擦過，帶出了一條血痕。便在此時，胡斐的刀尖距她腰間也已不過尺許，見她忽然出鞭為自己退敵，當即右臂穩凝，單刀不進不退，停住不動。在如此急遽之間，正使出勁招之際，將兵刃穩得猶似在半空中釘住一般，可比逕刺敵人難上十倍。

袁紫衣一雙妙目望定胡斐，說道：「你怎不刺？」忽聽得曾鐵鷗叫道：「好體貼的哥哥、妹妹啊！」學的是旗人惡少的貧嘴聲調。

袁紫衣俏臉一沉，收鞭圍腰，向胡斐道：「胡大哥，這幾位英雄好漢，請你給我引見引見。」胡斐道：「好！這位是八極拳的掌門人秦耐之秦大爺，這位是鷹爪雁行門的掌門人周鐵鷦周大爺……」跟著將王劍英、王劍傑兄弟、曾鐵鷗、汪鐵鶚等一一引見了。這時王劍傑已將殷仲翔救醒，只聽他不住口的斥罵鳳天南，說甚麼「如此無恥卑鄙之徒，咱哥兒倆不能算完。」胡斐最後道：「這位是袁姑娘。」心念一動，又道：「袁姑娘是少林韋陀門、廣西八仙劍、湖南易家灣九龍鞭三派的總掌門。」

眾人一聽，都聳然動容，雖想胡斐不會打誑，但臉上均有不信之色。

袁紫衣微笑道：「你還沒說得周全。邯鄲府崑崙刀、彰德府天罡劍、保定府哪吒拳這三門，也請區區做了掌門人。」胡斐道：「哦，原來姑娘又榮任了三家掌門，恭喜，恭喜。」袁紫衣笑道：「多謝！這一次我上北京來，原想做十家總掌門，但湖北武當山的無青子道長我打他不過，河南少林寺的大智禪師我不敢去招惹。剛好這裏有三位掌門人在此。喂，褚老師，你塞北雷電門的掌門老師麻老夫子到了北京麼？」

使雷震擋的姓褚武師單名一個轟字，聽她問到師父，說道：「家師向來不來內地走動，有甚麼事，都交給弟子們辦。」袁紫衣道：「好，你是大師兄，可算得上是半個掌門人。這麼著，今晚我就奪三個半掌門人。十家總掌門做不成，九家半也將就著對付了。」

此言一出，周鐵鷦等無不變色。秦耐之哈哈大笑，說道：「少林韋陀門的掌門萬鶴聲萬大哥，跟在下有數十年的交情，卻不知如何將掌門之位傳給姑娘了？」袁紫衣道：「萬大爺去世啦，他師兄劉鶴眞打我不過，三個徒弟更加膿包。咱們拳腳刀槍上分高下，這掌門之位不讓也得讓。秦老師，我先領教你的八極拳功夫，再跟周老師、王老師、褚老師他們三位過過招。我當上了九家半總掌門，也好到那天下掌門人大會中去風光、風光。」

這幾句話，竟絲毫沒將周、秦、王、褚衆高手瞧在眼裏。她這麼一叫陣，周鐵鷦、王劍英、秦耐之等都是天下聞名的高手武師，縱然命喪當場，也決不能退縮。

周鐵鷦道：「我們鷹爪雁行門自先師謝世，徒弟們個個不成器，先師的功夫十成中學不到一成。姑娘肯賜教誨，敝派上下那一個不感光寵？不過師兄弟們都是蠢材，只練了些先師傳下的功夫，別派的功夫卻不會練。」袁紫衣笑道：「這個自然。我若不會鷹爪雁行門的功夫，怎能當得鷹爪雁行門的掌門？周老師大可放心。」

周鐵鷦和曾鐵鷗都氣黃了臉，師兄弟對望一眼，均想：「便再強的高手，也從沒人敢輕視鷹爪雁行門！你仗著誰的勢頭，到北京城來撒野？」他們收了鳳天南的重禮，爲他出頭排解，沒能辦成，也不過掃興而已，畢竟事不干己，並不怎麼放在心上。可是這年輕女子竟揚言要硬搶掌門之位，如此欺上頭來，豈可不認眞對付？

秦耐之心知今晚已非動手不可，適才見袁紫衣的武功和胡斐在伯仲之間，自己卻曾敗在胡斐手下，要想討一個巧，讓她先鬥周王諸人，耗盡了力氣，自己再來撿便宜，說道：「周老師、王老師的功夫比兄弟深得多，兄弟躲在後面吧！」

袁紫衣笑道：「你不說我也知道，你的功夫不如他們，我要挑弱的先打，好留下力氣，對付強的。外邊草地上滑腳，咱們到亭中過招。上來吧！」身形一晃，進了亭子，雙足並立，沉肩塌胯，五指併攏，手心向上，在小腹前虛虛托住，正是「八極拳」的起手式「懷中抱月」。

秦耐之吃了一驚：「本派武功向來流傳不廣，但這一招『懷中抱月』，左肩低，右肩高，左手斜，右手正，顯然已得本派心傳，她卻從何學來？」向胡斐斜睨一眼，又想：「那日我跟他動手，當然不使起手式，後來和他講論本門拳法，這一招也沒提到。自不是他傳給這女子了。」心中驚疑，臉上不動聲色，說道：「既然如此，待小老兒搬開桌子櫈子，免得礙手礙腳。」

袁紫衣道：「秦老師這話恐怕不對了。本門拳法『翻手、揲腕、寸懇、抖展』八極，『摟、打、騰、封、踢、蹬、掃、卦』八式，變化爲『閃、長、躍、躲、拗、切、閉、撥』八法，四十九路八極拳，講究的是小巧騰挪，倘若嫌這桌子櫈子礙事，當眞與敵人性命相搏之時，難道也叫敵人先搬開桌椅麼？」她這番話宛然是掌門人教訓本門小輩的口吻，而八極拳的諸種法訣，卻又說得一字不錯。

秦耐之臉上一紅，更不答話，彎腰躍進亭中，一招「推山式」，左掌推了出去。

袁紫衣搖了搖頭，說道：「這招不好！」更不招架，只向左踏了一步，秦耐之身前便有桌子擋住，這一掌推不到她身上。他變招卻也迅速，「抽步翻面錘」、「鷂子翻身」、「劈卦掌」，連使三記絕招。袁紫衣右足微提，左臂置於右臂上交叉輪打，翻成陽拳，跟著快如電閃般以陰拳打出，正是八極拳中的第四十四式「雙打奇門」，這原是秦耐之的得意招數，可是袁紫衣這一招出得快極，秦耐之猝不及防，忙斜身閃避，砰的一下，撞到了桌上，桌上茶碗登時打翻了三隻。袁紫衣笑道：「小心！」左纏身、右纏身、左雙撞、右雙撞、一步三環、三步九轉，八極拳的招數如雨點般打了過去。

秦耐之奮力招架，眼看她使的招數固是本門拳法，但忽快忽慢、偏左偏右，卻又與本門功夫大不相同。袁紫衣道：「你怎地只招架，不還手？你使的是八極拳，可不是挨揍拳！」秦耐之罵道：「小賤人！」一招「青龍出水」，左拳成鉤，右拳呼的一聲打了出去。袁紫衣應以一招「鎖手攢拳」，她本想不為已甚，但秦耐之出口便罵「小賤人」，十分無禮，突然右肘一擺，翻手抓住了他右腕，向他背上扭轉，左手同時上前，四指前、拇指後，已拿住了他的「肩貞穴」，順勢向前一送，將他按到了桌上，正好將他嘴巴按到了茶碗上，喝道：「吃茶！」

她這手「分筋錯骨手」本來平平無奇，幾乎不論那一門那一派都會練到，但出手奇速，秦耐之手腕剛碰到她手指，全身已遭制住，不禁驚怒交集，又罵：「小賤人！」只這句罵來已有點氣喘吁吁。

袁紫衣聽得他又再罵人，雙手使個冷勁，喀喇一聲，秦耐之右肩關節脫臼。袁紫衣放開他手腕，坐在櫈上微微冷笑，問道：「掌門人的位子讓是不讓？」秦耐之只疼得滿額都是冷汗，一言不發，快步出亭。

胡斐上前左手托住他右臂，右手抓住他頭頸，一推一送，將他肩頭關節還入臼窩。秦耐之低聲道：「多謝！」垂頭站在一旁。

王劍英上前三步，說道：「袁姑娘的八極拳功夫果然神妙，我領教領教你的八卦掌！」說著踏步進亭。

袁紫衣見他步履凝穩，知是勁敵。本來凡練「遊身八卦掌」之人，必然步法飄逸，行路猶如足不點地一般，但他腳步落地極重，塵土飛揚，那是「自重至輕、至輕返重」，根基堅實無比，他數十年的功力，決非自己能望其項背。

胡斐快步走到亭中，拿起茶杯喝了一口，低聲道：「此人厲害，不可輕敵。」袁紫衣眼皮低垂，細聲道：「我多次壞你大事，你不怪我麼？」這一句話胡斐卻答不上來，說是不怪，可是她接連三次將鳳天南從自己手底下救出；說是怪她罷，瞧著她若有情、若無情的眼波，卻又怎能怪得？

袁紫衣見胡斐走入亭來教自己提防，芳心大慰，她本來心下擔憂，生怕鬥不過這八卦門高手，這時精神一振，低聲道：「我心裏好對你不起！我如不行，請你幫我照看著！」依她原來好勝的性子，這句話明顯服軟，無論如何是不肯說的，但今晚又壞了他的大事，心下甚歉，說這句話，是有意跟他說和修好。

她足尖一登，躍上一張圓櫈，說道：「王老師，八卦門的功夫，講究足踏八卦方位，乾、坤、巽、坎、震、兌、離、艮，咱們便在這些櫈上過過招。」王劍英道：「好！」慢慢踏上圓櫈，雙手互圈，一掌領前，一掌居後。胡斐又向袁紫衣瞧了一眼，退出亭子。

袁紫衣道：「素聞八卦門中，王氏兄弟英傑齊名，待會王老師敗了之後，令弟還打不打呢？」王劍英生性凝重，聽了這話卻也忍不住氣往上衝，依她說來，似乎還沒動手，自己已經敗定。他本就不善言辭，盛怒之下，更結結巴巴的說不出話。

王劍傑怒道：「小丫頭胡說八道，你只須在我大哥手下接得一百招，咱兄弟倆從此不使八卦掌。」王氏兄弟望重武林，尋常武師連他們的十招八招也接不住。王劍傑出口竟說到一百招，只因見到她打敗秦耐之，已絲毫沒小覷了她。

袁紫衣斜眼相睨，冷冷的道：「我打敗令兄之後，算不算八卦門的掌門人？你還打不打？」王劍傑道：「你先吹甚麼？打得贏我哥哥再說不遲。」袁紫衣道：「我便是要先問個明白。」

王劍傑尙未答話，王劍英問道：「尊師是誰？」袁紫衣道：「你問我師承幹麼？」她烏溜溜的眼珠骨碌一轉，已明其意，說道：「嗯，王老師動了眞怒，要下殺手，因此先問一問我師父。我師父名頭太響，說出來嚇壞了你。我不抬師父出來。你儘管使你八卦門的絕招。常言道不知者不罪，你便打死了我，我師父也不能怪你。」

這幾句話正說中了王劍英心事，他見袁紫衣先和胡斐相鬥，跟著制住秦耐之，出手著實不俗，定然大有來頭，如下重手傷了她，她師父日後找場，多半極難應付，聽她這般說，便道：「這裏各位都是見證。」呼的一掌，迎面擊出，掌力未施，身隨掌起，踏坤奔離，足下方位已移。別瞧他身軀肥大，八卦門輕功一使出，竟如飛燕掠波。

袁紫衣斜掌卸力，自艮追震，手上使的固是八卦掌，腳下踏的也全是八卦方位。王劍英連劈數掌，都爲她一一卸開。兩人繞著圓桌，在十二隻石櫈上奔馳旋轉，倒似小兒捉迷藏一般，但越轉越快，衣襟生風。

王劍英心想：「這丫頭心思靈巧，誘得我在石櫈上跟她隔桌換掌。她掌力原本不能跟我相比，但中間擋著一張圓桌，有了間距，便不怕我沉猛的掌力了。」又想：「這丫頭武功甚雜，居然將我門中的八卦掌使得頭頭是道，我何必用尋常掌法跟她糾纏？」猛地裏一聲長嘯，腳步錯亂，手掌歪斜，竟使出了他父親威震河朔王維揚的家傳絕技「八陣八卦掌」來。

這一路掌法王維揚只傳兩個兒子，不傳外姓弟子，那是在八卦掌中夾了八陣圖之法：天陣居乾爲天門，地陣居坤爲地門，風陣居巽爲風門，雲陣居震爲雲門，飛龍居坎爲飛龍門，武翼居兌爲武翼門，鳥翔居離爲鳥翔門，蜿盤居艮爲蜿盤門；天地風雲爲四正門，龍虎鳥蜿爲四奇門；乾坤艮巽爲闔門，坎離震兌爲開門。這四正四奇，四開四闔，用到武學之上，霎時之間變化奇幻，雖在小小涼亭之中，隱隱有佈陣而戰之意。

這八陣八卦掌袁紫衣別說沒學過，連聽也沒聽過，只因這是王維揚的不傳之秘，以她師父武學之博，卻也有所未知。袁紫衣只接得數掌，登時眼花繚亂，暗暗叫苦。

胡斐站在亭外掠陣，隨即看出情勢不妙，但袁紫衣大言在先，說要奪八卦門掌門，自己決不能插手相助，眼見王劍英越打越佔上風，正沒做理會處，忽見袁紫衣左足一登，躍上桌面，說道：「櫈子上施展不開，咱們在桌上鬥鬥。王老師，可不許踏碎了茶碗果碟。」

王劍英一言不發，跟著上了桌面，這時兩人相距近了，袁紫衣無可取巧，對方攻過來的拳掌，勢須硬接硬架，但腳下卻佔了便宜。桌上放著十二隻茶碗，四盤果子，全是散落亂置，這可不同梅花樁、青竹陣每一處落足點均有規律，王劍英的八陣八卦掌在平地上施展威力最強，一上梅花樁，變化既受限制，威力便已相應減弱。這時在這桌面之上，更生怕不小心踏碎了茶碗果盤，為這刁鑽的丫頭所笑，便儘量不移腳步，一味催動掌力，自忖不憑步法之妙，單靠深厚內功，就能將她毀在一雙肉掌之下。

但聽得掌風呼呼，亭畔的花朵為他掌力所激，片片落英，飛舞而下。

當袁紫衣躍上桌面之時，早已計及利害，見對方一掌掌如疾風驟雨般擊到，她足不停步的前竄後躍，並不和他對掌拆解，情知只消和對方雄渾的掌力一黏住，便脫不了身，見王劍英右掌虛晃，左掌斜引，右掌正要劈出，她左足尖輕輕一挑，一隻茶碗向他撲面飛去。王劍英吃了一驚，閃身避開，袁紫衣料到他趨避的方位，雙足連挑，七八隻茶碗接二連三的飛將過去。王劍英避開了三隻，終於避不開第四、五隻，啪啪兩聲，打中了他肩頭。他出掌劈開第七、八隻，碗中的茶水茶葉卻淋了他滿頭滿臉，跟著第九、十隻茶碗又擊中胸口。

王劍英、王劍傑齊聲怒吼，旁觀的汪鐵鶚、褚轟、殷仲翔等也忍不住驚呼，只見最後兩隻茶碗直奔王劍英雙眼。他憤怒已極，猛力發掌擊出。袁紫衣腳踢茶碗，其志不在以茶碗擊敵，早就一直在等他這一掌，這良機如何肯錯過？身軀一閃，已伸手抓住他右腕，左手在他臂彎裏「曲池穴」一拿，一扭一推，喀的一響，王劍傑大叫「啊喲」一聲中，王劍英臂骱已脫。

這一手仍只尋常「分筋錯骨手」，說不上是甚麼奇妙家數，只她在茶碗紛飛中出手如電，鑽了巧妙空子，王劍英竟不及留神，閃避不了，致貽終身之羞。

王劍傑雙手一拍，和身向袁紫衣背後撲去。胡斐推出右掌，將他震退三步，說道：「前輩且慢！說好是一個鬥一個。」

王劍英面色慘白，僵在桌上。袁紫衣心想：「如輕易放了他，他兄弟回頭找場，我可鬥他們不過！」竟下手不容情，乘著他無力抗禦之時，喀喇一聲，將他左臂的關節也卸脫了，一指點在他太陽穴上，喝道：「八卦門的掌門讓是不讓？」

王劍英閉目待死，更不說話。王劍傑見兄長命懸敵手，喝道：「快放開我大哥，你要做掌門，做你的便是。」袁紫衣道：「說話可要算數？」王劍傑道：「算數，算數。」袁紫衣這才微微一笑，躍下桌子。王劍傑負起兄長，頭也不回的快步走出。

周鐵鷦道：「姑娘連奪兩家掌門，果然聰明伶俐，卻不知留下甚麼妙計，要施在我姓周的身上？」這話明明說她不過是使詭計取勝，說不上是真實本領。袁紫衣道：「對付你鷹爪雁行門，還用得著智計？你師兄弟三個人是一齊上呢，還是周老師一個人跟我過招？」周鐵鷦淡淡一笑，說道：「袁姑娘此言，當眞是門縫裏看人，把北京城裏的武師們全瞧得扁了。周某打從十一歲上起，從來便單打獨鬥。」

袁紫衣道：「嗯，那你十一歲前，便不是英雄好漢，專愛兩個打一個。」周鐵鷦道：「嘿，我自十一歲起始學藝。」袁紫衣道：「是英雄好漢，生來便是英雄好漢，有的人武藝再高，始終不過是窩囊廢。周老師，我可不是說你。」她對王劍英、王劍傑兄弟，心中還存著三分佩服，不知怎的，見了周鐵鷦大剌剌地自視極高的神氣，卻說不出的討厭。

周鐵鷦幾時受過旁人這等羞辱？心中狂怒，嘴裏卻只哼了一聲。汪鐵鶚叫道：「小丫頭，跟我大師哥說話，可得客氣些。」

袁紫衣知他是個渾人，也不理睬，對周鐵鷦道：「拿出來，放在桌上。」周鐵鷦愕然道：「甚麼？」袁紫衣道：「銅鷹鐵雁牌。」

一聽到「銅鷹鐵雁牌」五字，周鐵鷦涵養功夫再高，也已不能裝作神色自若，大聲道：「啊哈！我門中的事，你倒眞知道得不少。」伸手從腰帶上解下一個錦囊，放在桌上，喝道：「銅鷹鐵雁牌便在這裏，你今日先取我姓周的性命，再取此牌。」袁紫衣道：「拿出來瞧瞧，誰知道是眞是假。」

周鐵鷦雙手微微發顫，解開錦囊，取出一塊四寸長、兩寸寬的金牌來，牌上鑲著一隻探爪銅鷹，一隻斜飛鐵雁，正是鷹爪雁行門中世代相傳的掌門信牌，凡本門弟子，見此牌如見掌門人。鷹爪雁行門在明末天啓、崇禎年間，原是武林中一大門派，幾代掌門人都武功卓絕，門規也極嚴謹。但傳到周鐵鷦、曾鐵鷗等人手裏時，諸弟子爲滿淸權貴所用，染上了京中豪奢習氣，武功品格，均已遠不如前人。後來直到嘉慶年間，鷹爪雁行門中出了幾個了不起的人物，方始中興。

袁紫衣道：「看來像是眞的，不過也說不定。」她適才和王劍英一番劇鬥，雖僥倖反敗爲勝，內力卻已大耗，這時故意扯淡，一來要激怒對手，二來也是歇力養氣。

周鐵鷦見多識廣，如何不知她心意？當下更不多言，雙手一振一壓，躍上涼亭之頂，說道：「咱們越打越高，我便在這亭子頂上領教高招。」他的門派以鷹爪雁行爲名，自是一擅鷹爪擒拿，二擅雁行輕功。他躍上亭頂，存心故居險地，便於施展輕功，跟對手作一番生死搏擊，同時令她無法取巧行詭，更有一著是要胡斐不能在危急中出手相助。在周鐵鷦心中，袁紫衣武功雖高，終不過是女流之輩，眞正的勁敵卻是胡斐。

他那知擒拿和輕功這兩門，也正是袁紫衣的專長絕技，他若是見過她和易吉在高桅頂上鬥鞭時那門輕功，也不會躍上這涼亭之頂了。胡斐見他這一縱一躍雖然輕捷，卻決不能和袁紫衣的身手相比，登時便寬了心，轉過頭來，兩人相視一笑。

袁紫衣故意並不炫示，老老實實的躍上亭頂，說道：「看招！」雙手十指拿成鷹爪之式，斜身撲擊。

拳術的爪法，大路分爲龍爪、虎爪、鷹爪三種。龍爪是四指併攏，拇指伸展，腕節屈向手心；虎爪是五指各自分開，第二、第三指骨向手心彎曲；鷹爪是四指併攏，拇指張開，四指向手心彎曲。三種爪法各有所長，以龍爪功最爲深奧難練。

周鐵鷦見她所使果然是本門家數，心想：「你若用古怪武功，我尙有所忌，你眞的使鷹爪雁行功，那可是自尋死路了。」當下雙手也成鷹爪，反手鉤打。

衆人仰首而觀，只見兩人輕身縱躍，接近時擒拿拆打數招，立即退開。這一晚四場激鬥，以這一場最爲好看，但也以這一場最爲凶險。月光之下，亭簷亭角，兩人眞如一雙大鳥一般，翻飛搏擊，身影照映地下，迅速移動。

驀地裏兩人欺近身處，喀喀數響，袁紫衣一聲呼叱，周鐵鷦長聲大叫，跌下亭來。

周鐵鷦如何跌下，只因兩人手腳太快，旁觀衆人之中，只胡斐和曾鐵鷗看淸楚了。周鐵鷦激鬥中使出絕招「四雁南飛」，以連環腿連踢對手四腳，踢到第二腿時讓袁紫衣搶過去，以「分筋錯骨手」卸脫了左腿關節。他這一招雙腿此起彼落，中途無法收勢，左腿雖已受傷，右腿仍然踢出，袁紫衣對準他膝蓋踹了一腳，右腿受傷更重。旁人卻只見他摔下時肩背著地，落下後竟不再站起。這涼亭並不甚高，以周鐵鷦的輕身功夫，縱然失手，躍下後決不致便不能起身，難道竟已受致命重傷？

汪鐵鶚素來敬愛大師兄，大叫：「師哥！」奔近前去，語聲中已帶著哭音。他俯身扶起周鐵鷦，讓他站穩。但周鐵鷦兩腿脫臼，那裏還能站立？汪鐵鶚扶起他後雙手放開。周鐵鷦呻吟一聲，又要摔倒。曾鐵鷗低聲罵道：「蠢材！」搶前扶起。他武功在鷹爪雁行門中也算是頂尖兒的好手，只是不會推拿接骨之術，抱起周鐵鷦，便要奔出。

周鐵鷦喝道：「取了鷹雁牌。」曾鐵鷗登時省悟，搶進涼亭，伸手往圓桌上去取金牌，突然頭頂風聲颯然，掌力已然及首。曾鐵鷗右手抱著師兄，左手不及取牌，只得反掌上迎，這一架卻架了個空。眼前黑影一晃，一人從涼亭頂上翻身而下，已將桌上金牌抓在手中，喝道：「打輸了想賴麼？」正是袁紫衣。

曾鐵鷗又驚又怒，抱著周鐵鷦，僵在亭中，不知該當和袁紫衣拚命，還是先請人去治大師兄再說？

胡斐上前一步，說道：「周兄雙腿脫了臼，若不立刻推上，只怕傷了筋骨。」也不等周曾兩人答話，伸手拉住周鐵鷦的左腿，一推一送，喀的一聲，接上了臼，跟著又接上了右腿關節，再在他腰側穴道中推拿數下。周鐵鷦登時疼痛大減。

胡斐向袁紫衣伸出手掌，笑道：「這銅鷹鐵雁牌也沒甚麼好玩，還了給周大哥吧！」袁紫衣聽他說到「也沒甚麼好玩」六字，嫣然一笑，將金牌放在他掌心。

胡斐雙手捧牌，恭恭敬敬的遞到周鐵鷦面前。周鐵鷦伸手抓起，說道：「兩位的好處，姓周的但教有一口氣在，終有報答之時。」說著向袁紫衣和胡斐各望一眼，扶著曾鐵鷗轉身便走。向袁紫衣所望的那一眼，目光中充滿了怨毒，瞧向胡斐的那一眼，卻顯示了感激之情。

袁紫衣毫沒在意，小嘴一扁，秀眉微揚，向著使雷震擋的褚轟說道：「褚大爺，你這半個掌門人，咱們還比不比劃？」到了此時，褚轟再笨也該有三分自知之明，領會得憑著自己這幾手功夫，決不能是她敵手，抱拳說道：「敝派雷電門由家師執掌，區區何敢自居掌門？姑娘但肯賜教，便請駕臨塞北白家堡，家師定然歡迎得緊。」他這幾句話不亢不卑，卻把擔子都推到了師父肩上。

袁紫衣「嘿嘿」一笑，左手擺了幾擺，道：「還有那一位要賜教？」殷仲翔等一齊抱拳，說道：「胡大爺，再見了。」轉身出外，各存滿腹疑團，不知這武功如此高強的少女到底是甚麼路道。

胡斐親自送到大門口，回到花園來時，忽聽得半空中打了個霹靂，抬頭一看，只見烏雲滿天，早將明月掩沒。袁紫衣道：「當眞是天有不測風雲，人有旦夕禍福。想不到胡大哥遊俠風塵，一到京師，卻面團團做起富家翁來。」

聽她一提起此事，胡斐不由得氣往上衝，說道：「袁姑娘，這所宅第是那姓鳳奸人的產業，我便是在這屋中多待得一刻，也是玷辱了。告辭！」回頭向程靈素道：「二妹，咱們走！」袁紫衣道：「這三更半夜，你們卻到那裏去？你不見變了天，轉眼便是一場大雨麼？」她剛說了這句話，黃豆般的雨點便已洒將下來。

胡斐怒道：「便露宿街頭，也勝於在奸賊的屋簷下躲雨。」說著頭也不回的往外便走。程靈素跟著走了出去。忽聽袁紫衣在背後恨恨的道：「鳳天南這奸人，原本死有餘辜。我恨不得親手斬他幾刀！」

胡斐站定身子，回頭怒道：「你這時卻又來說風涼話？」袁紫衣道：「我心中對這鳳天南的怨毒，勝你百倍！」頓了一頓，咬牙切齒的道：「你只不過恨了他幾個月，我卻已恨了他一輩子！」說到最後這幾個字時，語音竟已有些哽咽。

胡斐聽她說得悲切，絲毫不似作僞，不禁大奇，問道：「既然如此，我幾回要殺他，何以你又三番四次的相救？」袁紫衣道：「是三次！決不能有第四次。」胡斐道：「不錯，是三次，那又怎地？」

兩人說話之際，大雨已傾盆而下，將三人身上衣服都淋得濕了。

袁紫衣道：「你難道要我在大雨中細細解釋？你便不怕雨，你妹子嬌怯怯的身子，難道也不怕麼？」胡斐道：「好，二妹，咱們進去說話。」

當下三人走入書房，書僮點了蠟燭，送上香茗細點，退了出去。這書房陳設精雅，東壁兩列書架，放滿了圖書。西邊一排長窗，茜紗窗間綠竹掩映，隱隱送來桂花香氣。南邊牆上掛著一幅董其昌的仕女圖；一幅對聯，是祝枝山的行書，寫著白樂天的兩句詩：「紅蠟燭移桃葉起，紫羅衫動柘枝來。」

胡斐心中琢磨著袁紫衣那幾句奇怪的言語，那裏去留心甚麼書畫？何況他此時讀書尚少，就算看了也是不懂。直到數年之後，有人教到白樂天這兩句詩，他才回憶起此刻情景。

程靈素卻在心中默默唸了兩遍，瞧了一眼桌上紅燭，又望了一眼袁紫衣身上的紫羅衫，暗想：「對聯上這兩句話，倒似為此情此景而設。我混在這中間，卻又算甚麼？」

三人默默無言，各懷心事，但聽得窗外雨點打在殘荷竹葉之上，淅瀝有聲，燭淚緩緩垂下。程靈素拿起燭台旁的小銀筷，挾下燭心。室中一片寂靜。

胡斐自幼飄泊江湖，如此伴著兩個紅妝嬌女，靜坐書齋，卻是生平第一次。

過了良久，袁紫衣望著窗外雨點，緩緩說道：

「十七年前，也是這麼一個下雨天的晚上，在廣東省佛山鎮，一個少婦抱著個女娃娃，冒雨在路上奔跑。她不知道要到甚麼地方去，她給人逼得走投無路。她的親人都給人害死了，她自己又受了難當羞辱。如不是為了懷中這小女兒，她早跳在河裏自盡了。這少婦姓袁，名叫銀姑。她是我親生的娘，我便是她抱著的這個小女兒……」

雨聲淅瀝之中，袁紫衣忍著眼淚，輕輕述說她母親的往事，說到悲苦之處，不免聲帶嗚咽。胡斐瞧著她嬌怯怯的模樣，心生憐惜，就是這個俏麗少女，剛才接連挫敗秦耐之、王劍英、周鐵鷦三大京城高手之時，英風颯然，而此刻燭前細語，宛然是個楚楚可憐的弱女子，不自禁便想低頭好生軟語慰撫。

她說，她母親銀姑是佛山的鄉下姑娘，長得挺好看，雖然有一點兒黑，但眉清目秀，佛山鎮上的青年子弟給她取了個外號，叫作『黑牡丹』。她家裏是打魚人家，每天清早，她便挑了魚從鄉下送到佛山的魚行裏來。一天，佛山鎮的大財主鳳天南擺酒請客，銀姑那時十八九歲，挑了一擔魚送去鳳府。這眞叫作人有旦夕禍福，這個鮮花一般的大姑娘偏生給鳳天南瞧見了。

姓鳳的妻妾滿堂，但心猶未足，強逼著玷污了她。銀姑心慌意亂，魚錢也沒收，便逃回了家裏。誰知便這麼一回孽緣，她就此懷了孕，她父親問明情由，趕到鳳府去理論。鳳老爺反叫人打了他一頓，說他胡言亂語，撒賴訛詐。銀姑的爹憋了一肚子氣回得家來，一病不起，拖了幾個月，終於死了。銀姑肚子大了起來，她的伯伯叔叔說她害死了父親，不許她戴孝，不許她向棺材磕頭，還說要將她裝在豬籠裏，浸在河裏淹死。

銀姑連夜逃到了佛山鎮上，挨了幾個月，生下了個小女孩。母女倆過不了日子，只好在鎮上乞討。鎮上的人可憐她，有的就施捨些銀米周濟，背後自不免說鳳老爺的閒話，說他作孽害人。只是他財雄勢大，誰也不敢當著他面提起此事。

鎮上魚行中有個夥計向來和銀姑很說得來，心中一直偷偷的喜歡她，他托人去跟銀姑說要娶她爲妻，還願意認她女兒當作自己女兒。銀姑自然很高興，兩人便拜堂成親。那知有人討好鳳老爺，去稟告了他。鳳老爺大怒，說道：「甚麼魚行的夥計那麼大膽，連我要過的女人他也敢要？」派了十多個徒弟到那魚行夥計家裏，將正在喝喜酒的客人趕個清光，把枱椅床灶搗得稀爛，還把那魚行夥計趕出佛山鎭，說從此不許他回來，若是回來定要打死。

銀姑自父親死後，無依無靠，今後生計全依賴著這個新丈夫，好容易盼到能做新嫁娘，拜堂成親，卻給一羣如狼似虎的兇惡大漢闖進家來，亂打一場，還將她丈夫趕出家去。銀姑換下了新娘衣服，抱了女兒，當即追出佛山鎭去，盼望追上丈夫，從此伴他一世。那晚天下大雨，把母女倆全身都打濕了。她在雨中又跌又奔的走出十來里地，忽見大路上有一個人俯伏在地。她只道是個醉漢，好心要扶他起來，那知低頭一看，這人滿臉血污，早已死了，竟便是那個跟她拜了堂的魚行夥計。原來鳳老爺命人候在鎭外，下手害死了他。

銀姑傷心苦楚，眞的不想再活了。她用手挖了個坑，埋了丈夫，便想往河裏跳去，但懷中的女娃子卻一聲聲哭得可憐。帶著她一起跳吧，怎忍得下心害死親生女兒？撇下她吧，這樣一個嬰兒留在大雨之中，也必死路一條。她思前想後，咬了咬牙，終於抱了女兒向前走去，說甚麼也得把女兒養大。

程靈素聽袁紫衣說到這裏，淚水一滴滴的流了下來，聽袁紫衣住口不說了，問道：「袁姊姊，後來怎樣了？」袁紫衣取手帕抹了抹眼角，微微一笑，道：「你叫我姊姊，該把解藥給我服了吧？」程靈素蒼白的臉一紅，低聲道：「原來你早知道了。」斟過一杯清茶，隨手從指甲中彈了一些淡黃色的粉末在茶裏。

袁紫衣道：「妹子的心地倒好，早便在指甲中預備了解藥，想神不知鬼不覺的便給我服下。」說著端過茶來，一飲而盡。程靈素道：「你所中的也並不是甚麼厲害毒藥，只不過要大病一場，委頓幾個月，好讓胡大哥去殺那鳳天南時，你不能再出手相救。」袁紫衣淡淡一笑，道：「我早知著了你道兒，只是你如何下的毒，我始終想不起來。進這屋子之後，我可沒喝過一口茶，吃過半片點心。」

胡斐心道：「原來袁姑娘雖極意提防，終究還是著了二妹的道兒。」他自見鍾兆文在程靈素家中酒水不沾，還是中毒而沉沉大醉，早知他二妹若要下毒，對方絕難躲閃。

程靈素道：「你和胡大哥在牆外相鬥，我擲刀給大哥。那口刀的刀刃上有一層薄薄毒粉，你的軟鞭上便沾著了，你手上也沾著了。待會得把單刀軟鞭用清水沖洗乾淨。」

袁紫衣和胡斐對望一眼，心想：「如此下毒，眞教人防不勝防。」

程靈素站起身來，斂衽行禮，說道：「袁姊姊，妹子跟你賠不是啦。我實不知中間有這許多原委曲折。」袁紫衣起身還禮，說道：「不用客氣，多蒙你手下留情，下的不是致命毒藥。」程靈素道：「姊姊這般美麗可愛，任誰見了，都捨不得當眞害你。」袁紫衣微笑道：「你這才可愛呢！」兩人相對一笑。

胡斐道：「如此說來，那鳳天南便是你……你的……」

袁紫衣道：「不錯，鳳天南便是我的親生爹爹。他雖害得我娘兒倆如此慘法，但我師父言道：『人無父母，何有此身？』我拜別師父、東來中原之時，師父吩咐我說：『你父親作惡多端，此生必遭横禍。他如遭難，你可救他三次，以了父女之情。自此之後，你是你，他是他，不再相干。』

「我媽一生遭到如此慘禍，全是爲這鳳老爺所害。我來到中原，第一件事便是去廣東佛山鎭，要殺了這鳳天南爲我媽報仇。早一晚夜裏，我到鳳家去踏勘，見到鳳老爺吩咐手下人，將大批金銀去分送京城以及湖南、廣東各處的大官大府，說是中秋節的節敬。又派人到各省各州府去送禮，受禮的都是江湖上著名的武林大豪，料想都是跟他一鼻孔出氣之人，不是魚肉鄉里的土豪，便是欺壓良善的惡霸。他跟著又與京裏來的兩名武官會晤，說兵部尙書福康安請他去參預甚麼天下掌門人大會，他兒子鳳一鳴也在一旁。這鳳一鳴是我哥哥，我見到他眉目鼻子生得和我有三分相像，再回頭瞧了鳳天南一眼，唉，老天爺待我不好，我的相貌，跟這大惡霸竟也有些兒相像。

「我心裏一酸，本來按著刀柄的手就鬆了開來。這人雖無惡不作，畢竟是我爹爹，我就想不認他，終究違背不了天意。第二天，我見到你大鬧英雄酒樓、英雄當舖，再叫人抬了銀子去賭場大賭，我跟在閒人後面瞧熱鬧，心裏暗暗好笑，趙三……趙半山的這個把弟，果然英雄了得，可也當眞胡鬧得緊……」說著抿嘴嫣然一笑。

卻見胡斐眼中射出怒色，胸口起伏，呼吸沉重，便說道：「胡大哥，你見義勇爲，不畏強暴，小妹心裏眞的很是佩服。鳳天南這般欺侮鍾家一家人，小妹本也十分憤怒，就算不是爲了我媽的怨仇，我這番撞上了，也要出手管一管。後來見你和鳳家父子在北帝廟中相鬥，我想讓你殺了鳳天南最好，但鳳一鳴是我哥哥，這次也沒作惡，我卻想求你饒他一命。鳳天南給你逼得要揮刀自盡，我想也不想，便擲出指環，救了他一命。你給兩個小流氓騙得追了出去，我那時眞蠢，竟也跟著去瞧熱鬧，待得想到其中有詐，趕回北帝廟時，鍾家三人都已給鳳天南殺了。胡大哥，眞對不起，我要是能早回來得片刻，便能救了鍾家三人。這件事我懊悔了很久，心下好生過意不去，一路跟著你，想追上了你，向你好好的賠個不是。胡大哥，我要向你賠罪，早想好久啦，請你大人大量，原諒小女子自幼沒了父母，少了家教，多有胡作非爲！」言語誠摯，臉上盡是溫柔神色，站起身來，曲膝爲禮。胡斐也即站起，作揖還禮，說道：「胡斐生性莽撞，過去也多有得罪。」

袁紫衣繼續說道：「可是一路之上，我偷你的包袱，跟你打打鬧鬧，將你推入河裏，全無賠罪之意，只因趙半山把你說得太好，誇上了天去，說當今十幾歲的少年人中，沒一個及得上你，我也是十幾歲的人，心裏可不服氣了。你武功是強的，為人仁義，果然了不起，可是……可是……」

胡斐接口道：「可是這小胡斐做事顧前不顧後，腦筋太過胡塗。兩個小流氓三言兩語，就把他引開了。鍾家三口人，還不是死在他胡塗的手下？他一心要做好事，卻幫助壞人送信去給苗人鳳苗大俠，弄瞎了他一雙眼睛。福公子派人來接他的老相好、私生子，他卻又沒來由的打甚麼抱不平。人家擺個圈套要為鳳天南說合，他想也不想，一頭就鑽了進去。這小胡斐是個魯莽匹夫，就算武功，也勝不了一個十幾歲的小姑娘，那晚在湘妃廟中，那小姑娘如當眞要殺了他，還不是早已要了他性命？」

袁紫衣道：「那倒不是，那晚相鬥，你曾多次手下留情，你……你好乖！」那晚湘妃廟中放鬥，胡斐曾以左臂環抱她腰，袁紫衣脫口而說：「放開我！」胡斐便即鬆臂放開，她讚了他一聲：「好乖！」此刻重提，程靈素不知當時情景，胡斐聽了，不由得心中感到一陣極大甜意，見袁紫衣臉頰微露紅暈，更有靈犀相通之美，緩緩問道：「下次再撞到鳳天南，你還救他不救？」

袁紫衣道：「我已救過他三次，父女之情已了。我每次救他，都是情不自禁，都知道自己錯了，後來必定偷偷的痛哭一場。我對得起爹爹，卻對不起我過世的苦命媽媽。不！就算我下不了手親自殺他，無論如何，再也不救他了！」說著神色凜然。

程靈素問道：「令堂過世了麼？」袁紫衣道：「我媽媽逃出佛山鎮後，一路乞食向北。她只想離開佛山越遠越好，永不要再見鳳老爺的面，永不再聽到他名字。在道上流落了幾個月，後來到了江西省南昌府，投入了一家姓湯的府中去做女傭……」胡斐「哦」了一聲，道：「江西南昌府湯家，不知跟那甘霖惠七省湯大俠有干係沒有？」

袁紫衣聽到「甘霖惠七省湯大俠」八字，嘴邊肌肉微微一動，說道：「我媽就是死在湯……湯大俠府上的。我媽死後第三天，我師父便帶了我去，帶我到回疆，隔了一十七年，這才回來中原。」胡斐道：「不知尊師的上下怎生稱呼？袁姑娘各家各派的武功無所不會，無所不精，尊師必是一位曠世難逢的奇人。那苗大俠號稱『打遍天下無敵手』，也不見得有這等本事！」

袁紫衣道：「家師的名諱因未得她老人家允可，暫且不能告知，還請原諒。再說，我自己的名字也不是眞的，不久胡大哥和程家妹子自會知道。至於那位苗大俠，我們在回疆也曾聽到過他的名頭。當時紅花會的無塵道長很不服氣，定要到中原來跟他較量較量，但趙半山趙三叔……」她說到「趙三叔」三字時，向胡斐抿嘴一笑，意思說：「又給你討了便宜去啦！」續道：「趙半山知道其中原委，說苗大俠所以用這外號，並非狂妄自大，卻是另有苦衷，聽說他是爲報父仇，故意激使遼東的一位高手前來找他。後來江湖上紛紛傳言，他父仇已報，曾數次當衆宣稱，決不敢再用這個名號，說道：『甚麼打遍天下無敵手，這外號兒狗屁不通。大俠胡一刀的武功，就比我強得多了！』」

胡斐心頭一凜，問道：「苗人鳳當眞說過這句話？」

袁紫衣道：「我自然沒親耳聽到，那是趙……趙半山說的。無塵道長聽了這話，雄心大起，卻又要來跟那位胡一刀比劃比劃。後來打聽不到這位胡大俠身在何方，只得罷了。那一年趙半山來到中原，遇見了你，回去回疆後，好生稱讚你英雄了得。這次小妹東來，文四嬸便要我騎了她的白馬來，她說倘若遇到『那位姓胡的少年豪傑，便把我這匹坐騎贈了給他。』」

胡斐奇道：「這位文四嬸是誰？她跟我素不相識，何以贈我這等重禮？」

袁紫衣道：「說起文四嬸來，當年江湖上大大有名。她是奔雷手文泰來文四叔的娘子，姓駱名冰，人稱『鴛鴦刀』。她聽趙半山說及你在商家堡大破鐵廳之事，又聽說你很喜歡這匹白馬，當時便埋怨他：『三哥，既有這等人物，你何不便將這匹馬贈了與他？難道你趙三爺結交得少年英雄，我文四娘子便結交不得？』」

胡斐聽了，這才明白袁紫衣那日在客店中留下柬帖，說甚麼「馬歸正主」，原來乃是爲此，心中對駱冰好生感激，暗想：「如此寶馬，萬金難求。這位文四娘子和我相隔萬里，只憑他人片言稱許，便即割愛相贈，這番隆情高義，我胡斐當眞難以爲報。」又問：「趙三哥想必安好。此間事了之後，我便想赴回疆一行，一來探訪趙三哥，二來前去拜見衆位前輩英雄。」袁紫衣道：「那倒不用。他們都要來啦。」

胡斐一聽大喜，伸手在桌上一拍，站起身來，說不出的心癢難搔。程靈素知他心意，道：「我給你取酒去。」出房吩咐書僮，送了七八瓶酒來。胡斐連盡兩瓶，想到不久便可和衆位英雄相見，豪氣橫生，連問：「趙三哥他們何時到來？」

袁紫衣臉色鄭重，說道：「再隔四天，便是中秋，那是天下掌門人大會的正日。這個大會是福康安召集的。他官居兵部尙書、總管內務府大臣，執掌天下兵馬大權，皇親國戚個個歸他該管，卻何以要來和江湖上的豪客打交道？」

胡斐道：「我也一直在琢磨此事，想來他是要網羅普天下英雄好漢，供朝廷驅使，便像是皇帝以考狀元、考進士的法子來籠絡讀書人一般。」袁紫衣道：「不錯，當年唐太宗見應試舉子從考場中魚貫而出，喜道：『天下英雄，入我彀中矣。』福康安開這個大會，自也想以功名利祿來引誘天下英雄。可是他另有一件切膚之痛，卻是外人所不知的。福康安曾經給趙半山、文四叔、無塵道長他們逮去過，這件事你可知道麼？」

胡斐又驚又喜，仰脖子喝了一大碗酒，說道：「痛快，痛快！趙三哥在商家堡外只約略提過，但來不及細說，無塵道長、文四爺他們如此英雄了得，當眞令人傾倒。」

袁紫衣抿嘴笑道：「古人以漢書下酒，你卻以英雄豪傑大快人心之事下酒。若是說起文四叔他們的作爲，你便千杯不醉，也要叫你醉臥三日。」胡斐倒了一碗酒，說道：「那便請說。」

袁紫衣道：「這些事兒說來話長，一時之間也說不了。大略而言，文四叔他們知道福康安很得當今皇帝乾隆的寵愛，因此上將他捉了去，脅迫皇帝重建給朝廷毀了的福建少林寺，又答允決不加害紅花會散在各省的好漢朋友，這才放了他出來。」

胡斐一拍大腿，說道：「福康安自然引以爲奇恥大辱。他招集天下武林各家各派的掌門人，想是要和文四爺他們再決雌雄？」袁紫衣道：「對了！此事你猜中了一大半。今年秋冬之交，福康安料得文四叔他們要上北京來，是以先行招集各地武林好手。他自在十年前吃了那個大苦頭之後，才知他手下兵馬雖多，卻不足以與武林豪傑對抗。」胡斐鼓掌笑道：「你奪了這九家半掌門，原來是要先殺他一個下馬威。」

袁紫衣道：「我師父和文四叔他們交情很深。但小妹這次回到中原，卻是爲了自己的私事。我先到廣東佛山，想爲我苦命的媽媽報仇，也是機緣巧合，不但救了鳳天南的性命，還探聽到了天下掌門人大會的訊息。但我既有事未了，不能去回疆報訊，於是也不怕胡大哥見笑，一路從南到北，胡鬧到了北京，也好讓福康安知曉，他的甚麼勞什子掌門人大會，未必能管甚麼事。」

胡斐心念一動：「想是趙三哥在人前把我誇得太過了，這位姑娘不服氣，以致一路上儘仲量我。」向袁紫衣瞪了一眼，說道：「還有，也好讓趙半山他們知道，那姓胡的少年，也未必眞有甚麼本事。」袁紫衣格格而笑，說道：「咱們從廣東較量到北京，我也沒能佔了你上風。胡大哥，日後我見到趙半山時，你猜我要跟他說甚麼話？」胡斐搖頭道：「我不知道。」

袁紫衣正色道：「我說：『趙三叔，你小義弟仁義任俠，慷慨豪邁，不但武功了得，而且人品高尙，果然是一位了不起的英雄好漢！』」

胡斐萬萬料想不到，這個一直跟自己作對爲難的姑娘，竟會當面稱讚自己，不由得滿臉通紅，大爲發窘，心中卻甚感甜美舒暢。從廣東直到北京，風塵行旅，間關千里，他心間意下，無日不有袁紫衣的影子在，只是每想到這位美麗動人、卻又刁鑽古怪的姑娘，七分歡喜之中，不免帶著兩分困惑，一分著惱。今夜一夕長談，嫌隙盡去，原來中間竟有這許多原委，怎不令他在三分酒醉之中，再加上了三分心醉？

這時窗外雨聲已細，一枝蠟燭也漸漸點到了盡頭。胡斐又喝了一大碗酒，說道：「袁姑娘，你說有事未了，不知有用得著我的地方嗎？」袁紫衣搖頭道：「多謝了，我想不用請你幫忙。」她見胡斐臉上微有失望之色，又道：「要是我料理不了，自當再向你和程家妹子求助。胡大哥，再過四天，便是掌門人大會之期，咱三個到會中去擾他一個落花流水，演一齣『三英大鬧北京城』，你說好是不好？」

胡斐豪氣勃發，叫道：「妙極，妙極！若不挑了這掌門人大會，趙三哥、文四爺、文四奶奶他們結交我這小子又有甚麼用？」

程靈素在旁聽著，一直默不作聲，這時終於插口道：「『雙英鬧北京』，也已夠了，怎地拉扯上我這不中用的傢伙？」袁紫衣摟著她嬌怯怯的肩頭，說道：「程家妹子，快別這麼說。你本事勝我十倍。我只想討好你，不敢得罪你。」

程靈素從懷中取出那隻玉鳳，說道：「袁姊姊，你跟我大哥之間的誤會也說明白啦，這隻玉鳳還是你拿著。要不然，兩隻鳳凰都給了我大哥。」

袁紫衣一怔，低聲道：「要不然，兩隻鳳凰都給了我大哥！」

程靈素說這兩句話時原無別意，但覺袁紫衣品貌武功，都是頭挑人才，一路上聽胡斐言下之意，早已情不自禁的對她十分傾心，只爲了她三次相救鳳天南，這才心存芥蒂，今日不但前嫌盡釋，而且雙方說來更大有淵源，那還有甚麼阻礙？但聽袁紫衣將自己這句話重說一遍，倒似自己語帶雙關，有「二女共事一夫」之意，不由得紅暈雙頰，忙道：「不，不，我不是這個意思。」袁紫衣問道：「不是甚麼意思？」程靈素如何能夠解釋，窘得幾乎要掉下淚來。

袁紫衣道：「程家妹子，你在那單刀之上，幹麼不下致命毒藥？」程靈素目中含淚，憤然道：「我雖是毒手藥王的弟子，但生平從沒殺過一個人。難道我就能隨隨便便的害你麼？何況……何況你是他的心上人，從湖南到北京，千里迢迢，他整天除了吃飯睡覺，念念不忘，便是在想著你。我怎會當眞害你？」說到這裏，淚珠兒終於奪眶而出。

袁紫衣一愕，站起身來，飛快的向胡斐掠了一眼，只見他臉上顯得甚是忸怩尷尬。程靈素這一番話，突然吐露了胡斐的心事，實大出他意料之外，不免甚是狼狽，但目光之中，卻滿含款款柔情。

袁紫衣上排牙齒一咬下唇，說道：「我是個苦命人，世上的好事，全跟我無緣。我有時情不自禁，羨慕人家的好事，可是老天注定了的，我一生下來便命苦，比不上別人！人家對我的好意，我只好心裏感激，卻難以報答，否則師父不容、菩薩不容、上天不容……胡大哥，我天生命苦，自己作不了主，請你原諒……」說到這裏，聲音哽咽了，淚水撲簌簌的掉在胸前，驀地裏纖手一揚，噗的一聲，搧滅了燭火，穿窗而出，登高越房而去。

胡斐和程靈素都是一驚，忙奔到窗邊，但見宿雨初晴，銀光瀉地，早不見了袁紫衣的人影，回過頭來，月光下只見桌上兀自留著她的點點淚水。

福康安萬料不到屏風後竟藏得有個男人，大吃一驚。馬春花笑道：「這位兄弟姓胡，單名一個斐字。他年紀雖輕，卻武功了得，你手下那些武士，沒一個及得上他。」

第十五章　華拳四十八

兩人並肩站在黑暗之中，默然良久，忽聽得屋瓦上喀的一聲響。胡斐大喜，只道袁紫衣去而復回，情不自禁的叫道：「你……你回來了！」卻聽得屋上一個男子的聲音說道：「胡大爺，請你借一步說話。」聽聲音是那個愛劍如命的聶姓武官。

胡斐道：「此間除我義妹外並無旁人，聶兄請進來喝杯酒。」

這姓聶的武官單名一個鉞字，那日胡斐不毀他寶劍，一直好生感激，當袁紫衣和秦耐之、王劍英、周鐵鷦三人相鬥之時，見胡斐頗有偏袒袁紫衣之意，便始終默不作聲，這時聽胡斐這般說，當即躍下，說道：「胡大哥，你的一位舊友命小弟前來，請胡大哥大駕過去一會。」

胡斐奇道：「我的舊友？那是誰啊？」聶鉞道：「小弟奉命不得洩露，還請原諒。

胡大哥見面自知。這位朋友心中對胡大哥好生感激，決無半分歹意。」胡斐向程靈素望了一眼，道：「二妹，你在此稍待，我天明之前必回。」程靈素轉身取過他的單刀，道：「帶兵刃麼？」胡斐見聶鉞腰間未繫寶劍，道：「既是舊友見招，不用帶了。」

兩人從大門出去，門外停著一輛兩匹馬拉的馬車，車身金漆紗圍，甚是華貴。胡斐尋思：「難道又是鳳天南這廝施甚麼鬼計？這次再教我撞上，縱是空手，也一掌將他斃了。」

兩人進車坐好，車夫鞭子一揚，兩匹駿馬發足便行。馬蹄擊在北京城大街的青石板上，響聲得得，靜夜聽來，分外清晰。京城之中，宵間本來不許行車馳馬，但巡夜兵丁見到馬車前的紅色無字燈籠，側身讓在街邊，便讓車子過去了。

約莫行了半個時辰，馬車在一堵大白粉牆前停住。聶鉞先跳下車，引著胡斐走進一道小門，沿著一排鵝卵石鋪的花徑，走進一座花園。這園子好大，花木繁茂，亭閣、迴廊、假山、池沼，一處處似乎無窮無盡，亭閣之間往往點著紗燈。

胡斐暗暗稱奇：「鳳天南這廝也真神通廣大，這園子若非一二百萬兩銀子，休想買得到手。他在佛山積聚的造孽錢，當真不少。」但轉念又想：「只怕未必便是姓鳳的奸賊。他再強也不過是廣東一個土豪惡霸，怎能差得動聶鉞這等有功名的武官？」

尋思之際，聶鉞引著他轉過一座假山堆成的石障，過了一道木橋，走進一座水閣。

閣中點著兩枝紅燭，桌上擺列著茶碗細點。聶鉞道：「貴友這便就來，小弟在門外相候。」一說罷轉身出門。

胡斐看這閣中陳設，但見精致雅潔，滿眼富貴之氣，宣武門外的那所宅第本也算得十分華麗，但和這小閣相比，卻又相差不可以道里計了。西首牆上懸了一個條幅，正楷書著一篇莊子的〈說劍〉，下面署名的是當今乾隆皇帝之子成親王。胡斐自也不知這篇文字乃後人僞作，並非眞是莊子所撰。坐了一會覺得無聊，便默默誦讀，好在文句淺顯，倒能明白：「昔趙文王喜劍，劍士夾門而客三千餘人，日夜相擊於前，死傷者歲百餘人，好之不厭……」心想：「福大帥召集天下掌門人大會，不知是否在學這趙文王的榜樣？」

待讀到：「……臣之劍，十步殺一人，千里不留行。王大說之曰：天下無敵矣。莊子曰：夫爲劍者示之以虛，開之以利，後之以發，先之以至……」他心道：「莊子所說此人能十步殺一人，千里不留行，那自是天下無敵了，看來這莊子是在吹牛。至於『示虛開利，後發先至』那幾句話，確是武學中的精義，不但劍術是這樣，刀法拳法又何嘗不是？」

忽聽得背後腳步之聲細碎，隱隱香風撲鼻，他回過身來，見是個美貌少婦，身穿淡綠紗衫，含笑而立，正是馬春花。

胡斐立時明白：「原來這裏是福康安的府第，我怎會想不到？」

馬春花上前道個萬福，笑道：「胡兄弟，想不到又在京中相見，請坐，請坐。」說著親手捧茶，從果盒中拿了幾件細點，放在他身前，又道：「我聽說胡兄弟到了北京，好生想念，急著要見見你，要多謝你那一番相護的恩德。」

胡斐見她鬢邊插著一朵小小白絨花，算是給徐錚戴孝，但衣飾華貴，神色間喜溢眉梢，那裏是新喪丈夫的寡婦模樣？淡淡的道：「其實都是小弟多事，早知是福大帥派人來相迎徐大嫂，也用不著在石屋中這麼擔驚受怕了。」

馬春花聽他口稱「徐大嫂」，臉上微微一紅，道：「不管怎麼，胡兄弟義氣深重，我總是十分感激的。奶媽，奶媽，帶公子爺出來。」東首門中應聲進來兩個僕婦，攜著兩個孩兒。兩孩向馬春花叫了聲「媽！」靠在她身旁。兩個孩兒面貌一模一樣，本就玉雪可愛，這一衣錦著緞，掛珠戴玉，更顯得珍重嬌貴。

馬春花笑道：「你們還認得胡叔叔麼？胡叔叔在道上一直幫著咱們，大恩大義，你們要永遠記在心裏！快向胡叔叔磕頭啊。」二孩上前拜倒，叫了聲：「胡叔叔！」

胡斐伸手扶起，心想：「今日你們還叫我一聲叔叔，過不多時，你們便是威風赫赫的皇親國戚，那裏還認得我這草莽之士？」

馬春花道：「胡兄弟，我有一事相求，不知你能答允麼？」胡斐道：「大嫂，當日在商家堡中，小弟爲商寶震吊打，蒙你出力相救，此恩小弟深記心中，終不敢忘。日前在石屋中小弟助你抗拒羣盜，雖是多管閒事，瞎起忙頭，不免教人好笑，但在小弟心中，總算是爲了報答你昔日的一番恩德。今日若知是你見招，小弟原也不會到來。從今而後，咱們貴賤有別，再也沒甚麼相干了。」這番話侃侃而言，顯是對她略感不滿。

馬春花嘆道：「這兩個孩兒，是我在跟徐師哥成親之前，就跟他們爹爹有了的。雖然說來羞人，然而這是實情，胡兄弟是自己人，我要親口向你告知，決不是我貪圖富貴，跟這兩個孩兒的爹爹串通了，謀殺親夫……我對徐師哥雖然一向生不出情來，但他一直待我很好，他不幸喪命，我是很傷心的……」說著眼淚成串落在胸前。兩個孩兒過去拉住她手，輕叫「媽媽，媽媽！」雖不知母親爲何傷心，卻示意安慰。

馬春花又道：「胡兄弟，我雖然不好，卻也不是趨炎附勢之人。所謂『一見鍾情』，總是前生的孽緣……」她越說聲音越低，慢慢低下了頭去。

胡斐聽她說到「一見鍾情」四字，觸動了自己心事，登時對她不滿之情大減，說道：「你要我做甚麼事？其實，福大帥還有甚麼事不能辦到，你卻來求我？」馬春花道：「我住在這裏，面子上榮華富貴，但我自己明明白白的知道，府裏勾心鬥角，凶險之極。我是爲這兩個孩兒求你，請你收了他們爲徒，傳他們一點武藝。」胡斐哈哈一笑，道：「兩位公子尊榮富貴，又何必學甚麼武藝？」馬春花道：「強身健體，那也是好的……」

正說到此處，忽聽得閣外一個男人聲音說道：「春妹，這當兒還沒睡麼？」馬春花臉色微變，向門邊的一座屏風指了指，胡斐當即隱身在屏風之後。只聽得靴聲橐橐，一人走了進來。

馬春花道：「怎麼你自己還不睡？不去陪伴夫人，卻到這裏作甚麼？」那人伸手握住了她手，笑道：「皇上召見商議軍務，到這時方退。你怪我今晚來得太遲了麼？」胡斐一聽，便知這是福康安了。

那兩個孩兒見過父親，福康安摟著他們親熱一會，馬春花就命僕婦帶了他們去睡。胡斐心想自己躲在這裏，好不尷尬，他二人的情話勢必傳進耳中，欲不聽而不可得，何況眼前情勢，似乎自己是來和馬春花私相幽會，倘若給他發覺，於馬春花和自己都大大不妥，察看周圍情勢，欲謀脫身之計。

忽聽得馬春花道：「康哥，我給你引見一個人。這人你也曾見過的，但想來早已忘了。」跟著提高聲音叫道：「胡兄弟，你來見過福大帥。」

胡斐只得轉了出來，向福康安一揖。福康安萬料不到屏風之後竟藏得有個男人，大吃一驚，道：「這……這……」

馬春花笑道：「這位兄弟姓胡，單名一個斐字，他年紀雖輕，卻武功了得，你手下那些武士，沒一個及得上他。這次你派人接我來京時，這位胡兄弟幫了我不少忙，因此我請了他來。你怎生重重酬謝他啊？」

福康安臉上變色，聽她說完，這才寧定，道：「嗯，那是該謝的，那是該謝的。」左手向胡斐一揮道：「你先出去，過幾日我再傳見。」語氣之間，頗現不悅，若不是礙著馬春花的面子，早已直斥他擅闖府第、見面不跪的無禮了。馬春花道：「胡兄弟……」

胡斐慜了一肚子氣，轉身便出，心想：「好沒來由，半夜三更來受這番羞辱。」聶鉞在閣門外相候，伸了伸舌頭，低聲道：「福大帥剛才進去，見著了麼？」胡斐道：「馬姑娘給我引見了，說要福大帥酬謝我甚麼。」聶鉞喜道：「只須得馬姑娘一言，福大帥豈有不另眼相看的？日後小弟追隨胡大哥之後，那眞再好不過。」他佩服胡斐的武功和爲人，這幾句話確是發自衷心。

兩人從原路出去，來到一座荷花池之旁，離大門已近，忽聽得腳步聲響，有幾人快步追了上來，叫道：「胡大爺請留步。」

胡斐愕然停步，見是四名武官，當先一人手中捧著一隻錦盒。那人道：「馬姑娘有幾件禮物贈給胡大爺，請你賜收。」胡斐正沒好氣，說道：「小人無功不受祿，不敢拜領。」那人道：「馬姑娘一番盛意，胡大爺不必客氣。」胡斐道：「請你轉告馬姑娘，便說她的隆情厚意，姓胡的心領了。」說著轉身便走。

那武官趕上前來，神色甚是焦急，說道：「胡大爺，你若必不肯受，馬姑娘定要怪罪小人。聶大哥，你……你便勸勸胡大爺。我實是奉命差遣……」胡斐心道：「瞧你步履矯捷，身法穩凝，也是一把好手，何苦為了功名利祿，卻去做人家低三下四的奴才。」

聶鉞接過錦盒，只覺盒子甚是沉重，想來所盛禮品必是貴重物事。那武官陪笑道：「請胡大爺打開瞧瞧，就算只收一件，小人也感恩不淺。」聶鉞道：「胡大哥，這位兄弟所言也是實情，倘若馬姑娘因此怪責，這位兄弟的前程就此毀了。你就胡亂收受一件，也好讓他有個交代。」

胡斐心道：「衝著你面子，我便收一件，拿去周濟窮人也是好的。」伸手揭開錦盒之蓋，只見盒裏一張紅緞包著四四方方的一塊東西，緞子的四角摺攏來打了兩個結。胡斐皺眉問道：「那是甚麼？」那武官道：「小人不知。」胡斐心想：「這禮物不知是否整塊的？」伸手便去解那緞子的結。

剛解開了一個結，突然間盒蓋一彈，啪的一響，盒蓋猛地合攏，將他雙手牢牢夾住，霎時間但覺劇痛徹骨，腕骨幾乎折斷。原來這盒子竟是精鋼所鑄，中間藏著極精巧、極強力的機括，盒外包以錦緞，瞧不出來。

盒蓋一合上，登時越收越緊，胡斐急忙氣運雙腕與抗，如他內力稍差，只怕雙腕已斷，饒是如此，一口氣也絲毫鬆懈不得。四個武官見他中計，立時拔出匕首，二前二後，抵在他前胸後背。

聶鉞驚得呆了，忙道：「幹……幹甚麼？」那領頭的武官道：「福大帥有令，捕拿刁徒胡斐。」聶鉞道：「胡大爺是馬姑娘請來的貴客，怎能如此相待？」那武官冷笑道：「聶大哥，你問福大帥去。咱們當差的怎知道這許多？」

聶鉞一怔，忙道：「胡大哥你放心，其中必有誤會。我便去報知馬姑娘，她定能設法救你。」那武官喝道：「站住！福大帥密令，決不能洩漏風聲。若讓馬姑娘知道了，你有幾顆腦袋？」聶鉞滿頭都是黃豆大的汗珠，心想：「胡大哥是我親自去請來的，他見了我，才不起疑心，便即過來。這盒子是我親手遞給他的，他中計受逮，必有三長兩短，性命難保，我豈不是成了奸詐小人？但福大帥既有密令，又怎能抗命？」

那武官將匕首輕輕往前一送，刀尖割破胡斐衣服，刺到肌膚，喝道：「快走！」

那鋼盒是西洋巧手匠人所製，彈簧機括極是霸道，上下盒邊的錦緞一破，便露出鋒利的刃口，盒蓋的兩邊，竟便是兩把利刃。

聶鉞見胡斐手腕上鮮血迸流，即將傷到筋骨，心想：「胡大哥便犯了瀰天大罪，也不能以此卑鄙手段對付。」他對胡斐一直敬仰，這時見此慘狀，又自愧禍出於己，突然伸手抓住鋼盒，手指揷入盒縫，用力分扳，盒蓋張開，胡斐雙手登得自由。

便在此時，那爲首武官挺匕首向他刺去。聶鉞的武功本在此人之上，但雙手尙在鋼盒之中，竟無法閃避，「啊」的一聲慘呼，匕首入胸，立時斃命。

在這電光石火般的一瞬之間，胡斐吐一口氣，胸背間登時縮入數寸，立即縱身而起，三柄匕首直劃下來，兩柄落空，另一柄卻在他右腿上劃了一道血痕。胡斐雙足齊飛，此時性命在呼吸之間，那裏還能容情？右足足尖前踢，左足足跟後撞，人在半空之中，已將兩名武官踢斃。

刺死聶鉞的那武官不等胡斐落地，一招「荆軻獻圖」，逕向胡斐小腹上刺來，這一下勢挾勁風，甚是凌厲。胡斐左足自後翻上，騰的一下，踹在他胸口。那武官撲通一聲，跌入了荷池，十餘根肋骨齊斷，自然不活了。

另一名武官見勢頭不好，「啊喲」一聲，轉頭便走。胡斐縱身過去，夾頸提起，揮掌便要往他天靈蓋擊落，月光下只見他眼中滿是哀求之色，心腸一軟：「他跟我無冤無仇，不過是受福康安的差遣，何必傷他性命？」

提著他走到假山之後，低聲喝問：「福康安何以要拿我？」那武官道：「實……實在不知。」胡斐道：「這時他在那裏？」那武官道：「福大帥……福大帥從馬姑娘的閣子中出來，囑咐了我們，又……又回進去了。」胡斐伸手點了他啞穴，說道：「命便饒你，明日有人問起，你須說這姓聶的也是我殺的。你如走漏消息，他家小有甚風吹草動，我將你全家殺得乾乾淨淨，老小不留。」那武官說不出話，不住點頭。胡斐順手一拳，將他打得昏暈過去。

胡斐抱過聶鉞屍身，藏在假山窟裏，跪下拜了四拜，再將其餘兩具屍身踢入草叢，然後撕下衣襟，裹了兩腕的傷口，腿上刀傷雖不厲害，口子卻長，忍不住怒火塡膺，拾起一把匕首，便往水閣而來。

胡斐料想福康安府中衛士必衆，不敢稍有輕忽，在大樹、假山、花叢之後瞧淸楚前面無人，這才閃身而前。將近水閣橋邊，只見兩盞燈籠前導，八名衛士引著福康安過來。幸好花園中極富丘壑之勝，到處都可藏身，胡斐縮身隱在一株石笋之後，只聽福康安道：「你去審問那姓胡的刁徒，仔細問他跟馬姑娘怎生相識，是甚麼交情，半夜裏到我府中，爲了甚麼。這件事不許洩漏半點風聲。審問明白之後，速來回報。至於那刁徒呢，嗯，乘著今晚便斃了他，此事以後不可再提。」

他身後一人連聲答應，道：「小人理會得。」福康安又道：「倘若馬姑娘問起，便說他不肯在我府裏當差，我送了他五千兩銀子，遣他出京回家去了。」那人答應：「是，是！」胡斐越聽越怒，心想福康安只不過疑心我和馬姑娘有甚私情，竟然便下毒手，終於害了聶鉞的性命。

這時胡斐縱將出去，立時便可將福康安斃於匕首之下，但他心中雖怒，行事卻不莽撞，自忖初到京師，諸事未明，福康安手掌天下兵馬大權，深得皇帝寵信，倘若此時將他殺了，不知會不會阻撓了紅花會的大計，於是伏在石笋之後，待福康安一行走遠。

那受命去拷問胡斐之人口中輕輕哼著小曲，施施然的過來。胡斐探身長臂，陡地在他脅下一點。那人也沒瞧淸敵人是誰，身子一軟，撲地倒了。胡斐再在他兩處膝彎裏點了穴道，然後快步向福康安跟去，遠遠聽得他說道：「這深更半夜的，老太太叫我有甚麼事？是誰跟她老人家在一起？」一名侍從道：「公主今日進宮，回府後一直和老太太在一起。」福康安「嗯」了一聲，不再言語。

胡斐跟著他穿庭繞廊，見他進了一間靑松環繞的屋子。衆侍從遠遠的守在屋外。胡斐繞到屋後，鑽過樹叢，見北邊窗中透出燈光。他悄悄走到窗下，見窗子是綠色細紗所糊，心念一動，悄沒聲的折了一條松枝，擋在面前，隔著松針從窗紗中向屋內望去。

只見屋內居中坐著兩個三十來歲的貴婦，下首是個半老婦人，老婦左側又坐著兩個婦人。五個女子都滿身紗羅綢緞，珠光寶氣。福康安先屈膝向中間兩個貴婦請安，再向老婦請安，叫了聲：「娘！」另外兩個婦人見他進來，早便站起。

福康安的父親傅恆，是當今乾隆之后孝賢皇后的親弟。傅恆的妻子是滿洲出名的美人，入宮朝見之時給乾隆看中了，兩人有了私情，生下的孩子便是福康安。傅恆由於姊姊、妻子、兒子三重關係，成為乾隆的親信，出將入相，一共做了二十三年的太平宰相，此時已經逝世。

傅恆共有四子。長子福靈安，封多羅額駙，曾隨兆惠出征回疆有功，升為正白旗滿洲副都統，已死。次子福隆安，封和碩額駙，做過兵部尚書和工部尚書，封公爵。第三子便是福康安。他兩個哥哥都做駙馬，他最得乾隆恩遇，反而不尚公主，不知內情的人便引以為奇，其實他是乾隆的親生骨肉，怎能再做皇帝的女婿？這時他身任兵部尚書，總管內務府大臣，加太子太保銜。傅恆第四子福長安任戶部尚書，後來封到侯爵。當時滿門富貴極品，舉朝莫及。

屋內居中而坐的貴婦是福康安的兩個公主嫂嫂。二嫂和嘉公主能說會道，善伺人意，是乾隆的第四女，自幼便甚得乾隆寵愛，沒隔數日，乾隆便要召她進宮，說話解悶。她和福康安實雖兄妹，名屬君臣，因此福康安見了她也須請安行禮。那老婦年紀不小，容貌仍頗秀麗，是傅恆之妻，福康安的母親。其餘兩個婦人一個是福康安的妻子海蘭氏，一個是福長安的妻子。

福康安在西首的椅上坐下，說道：「兩位公主和娘這麼夜深了，怎地還不安息？」老夫人道：「兩位公主聽說你有了孩兒，歡喜得了不得，急著要見見。」福康安向海蘭氏望了一眼，微微一笑，說道：「那女子是漢人，還沒學會禮儀，沒敢讓她來叩見公主和娘。」和嘉公主笑道：「康老三看中的，還差得了麼？我們也不要見那女子，你快叫人領那兩個孩兒來瞧瞧。父皇說，過幾日叫嫂子帶了進宮朝見呢。」

福康安暗自得意，心想這兩個粉裝玉琢般的孩兒，皇上見了定然喜愛，命丫鬟出去吩咐侍從，立即抱兩位小公子來見。

和嘉公主又道：「今兒早我進宮去，母后說康老三做事鬼鬼祟祟，在外邊生下了孩兒，幾年也不去找回來，把大家瞞得好緊，小心父皇剝你的皮。」福康安笑道：「這兩個孩兒的事，也是直到上個月才知道的。」

說了一會子話，兩名奶媽抱了那對雙生孩兒進來。福康安命兄弟倆向公主、老太太、太太、嬸嬸磕頭。兩個孩兒很聽話，雖睡眼惺忪，還是依言行禮。

眾人見這對孩子的模樣兒長得竟沒半點分別，一般的圓圓臉蛋，眉目清秀，和嘉公主拍手笑道：「康老三，這對孩兒跟你是一個印模子裏出來的。你便想賴了不認帳，可也賴不掉。」海蘭氏對這事本來甚爲惱怒，但這對雙生孩兒當眞可愛，忍不住摟在懷裏，著實親熱。老夫人和公主們各有見面禮品。兩個奶媽扶著孩兒，不住磕頭謝賞。

兩位公主和海蘭氏等說了一會子話，一齊退出。老夫人和福康安帶領雙生孩兒送公主出門，回來又自坐下。

老夫人叫過身後丫鬟，說道：「你去跟馬姑娘說，老太太很喜歡這對孩兒，今晚便留他們伴老太太睡，叫馬姑娘不用等他兩兄弟啦。」那丫鬟答應了。老夫人拉開桌邊抽屜，取出一把鑲滿了寶石的金壺，放在桌上，說道：「拿這壺參湯去賞給馬姑娘，說老太太一定好好照看她孩子，叫她放心！」福康安手中正捧了一碗茶，一聽此言，臉色大變，雙手一顫，一大片茶水潑了出來，濺在袍上，怔怔的拿著茶碗，良久不語。那丫鬟捧了金壺，放在一隻金漆提盒之中，提著去了。福康安伸起右手，似欲阻攔，但見母親神色嚴峻，垂下手便即不動。

這時兩個孩兒倦得要睡，不住口的叫：「媽媽，媽媽，要媽媽。」老夫人道：「好孩子別吵，乖乖的跟著奶奶。奶奶給糖糖、糕糕吃。」兩個孩兒哭叫：「不要糖糖、糕糕！不要奶奶！要媽媽！」老夫人臉一沉，揮手命奶媽將孩子帶了下去，又使個眼色，衆丫鬟也都退出，屋內只賸下福康安母子二人。

隔了好一會，母子倆始終沒交談半句，老夫人凝望兒子。福康安卻望著別處，不敢和母親的目光相接。

過了良久，福康安嘆了口長氣，說道：「娘，你爲甚麼容不得她？」老夫人道：「那還用問麼？這女子是漢人，居心便就叵測。何況又是鏢局子出身，使刀掄槍，一身武功。咱們府中有兩位公主，怎能和這樣的人共居？那一年皇上身歷大險，也便是爲了個異族的美女，難道你便忘了？讓這等毒蛇般的女子處在肘腋之間，咱們都要寢食不安。」

福康安道：「娘的話自然不錯。孩兒初時也沒想要接她進府，只是派人去瞧瞧，送她些銀兩。那知她竟生下了兩個兒子，這是孩兒的親骨血，那就不同了。」

老夫人點頭道：「你年近四旬，尚無所出，有這兩個孩子自然很好。咱們好好撫養兩個孩兒長大，日後他們封侯襲爵，一生榮華富貴，他們的母親也可安心了。」

福康安沉吟半晌，低聲道：「孩兒之意，將那女子送往邊郡遠地，從此不再見面，那也是了，想不到母親……」老夫人臉色一沉，說道：「枉爲你身居高官，連這中間的利害也想不到。她的親生孩兒在咱們府中，她豈有不生事端的？這種江湖女子把心一橫，甚麼事也做得出來。」福康安點了點頭。老夫人道：「你命人將她豐殮厚葬，也算盡了番心意……」福康安又點了點頭，應道：「是！」

胡斐在窗外越聽越心驚，初時尚不明他母子二人話中之意，待聽到「豐殮厚葬」四字，一驚非同小可，心道：「原來他母子恁地歹毒，定下陰謀毒計，奪了孩子，竟還要謀死馬姑娘。此事緊急異常，片刻延挨不得，乘著他二人毒計尚未發動，須得立即去告知馬姑娘，連夜救她出府。」悄悄走出，循原路回向水閣，幸喜夜靜人定，園中無人行走，殺死點倒的衛士也尚未爲人發覺。

胡斐走得極快，心中卻自躊躇：「馬姑娘對這福康安一見鍾情，他二人久別重逢，正自情熱，怎肯只聽了我這番話，便此逃出府去？要怎生說得她相信才好？」計較未定，已到水閣之前，見門外已多了四名衛士，心想：「哼，他們已先伏下了人，防她逃走！」當下不敢驚動，繞到閣後，輕身一縱，躍過水閣外的一片池水，見閣中燈火兀自未熄，湊眼過去往窗縫中一瞧，不由得呆了。

只見馬春花倒在地下，抱著肚子不住呻吟，頭髮散亂，臉色慘白帶青，服侍她的丫鬟僕婦一個也不在身邊。胡斐登時醒悟：「啊喲，不好！終究來遲了一步！」忙推窗而入，俯身看時，見她氣喘甚急，眼睛通紅，如要滴出血來。

馬春花見胡斐過來，斷斷續續的道：「我……我……肚子痛……胡兄弟……你……」說到一個「你」字，再也無力說下去。胡斐在她耳邊低聲問道：「剛才你吃了甚麼東西？」馬春花眼望茶几上的一把鑲滿了紅藍寶石的金壺，卻說不出話。

胡斐認得這把金壺，正是福康安的母親裝了參湯、命丫鬟送給她喝的，心道：「這老婦人心計好毒，她要害死馬姑娘，卻要留下那兩個孩子，是以先將孩子叫去，這才送參湯來。否則馬姑娘拿到參湯，知是滋補物品，定會給兒子喝上幾口。」又想：「嗯，福康安一見送出參湯，臉色立變，茶水潑在衣襟之上，他當時顯然已知參湯之中下了毒，居然並不設法阻止，事後又不來救。他雖非親手下毒，卻也和親手下毒一般無異。」不禁喃喃道：「好毒辣的心腸！」

馬春花掙扎著道：「你……你……快去報知……福大帥，請大夫，請大夫瞧瞧……」胡斐心道：「要福大帥請大夫，只有再請你多吃些毒藥。眼下只有要二妹設法解救。」揭起一塊椅披，將那盛過參湯的金壺包了，揣在懷中，聽水閣外並無動靜，抱起馬春花，輕輕從窗中跳出。馬春花一驚，叫道：「胡……」胡斐忙伸手按住她嘴，低聲道：「別作聲，我帶你去看醫生。」馬春花道：「我的孩子……」

胡斐不及細說，抱著她躍過池塘，正要覓路奔出，忽聽得身後衣襟帶風，兩個人奔了過來，喝道：「甚麼人？」胡斐向前疾奔，那兩人也提氣急追。

胡斐跑得甚快，斗然間收住腳步。那兩人沒料到他會忽地停步，一衝便過了他的身前。胡斐竄起半空，雙腿齊飛，兩隻腳足尖同時分別踢中兩人背心「神堂穴」。兩人哼都沒哼一聲，撲地便倒。看這兩人身上的服色，正是守在水閣外的府中衛士。

胡斐心想這麼一來，形跡已露，顧不到再行掩飾行藏，向府門外直衝出去。但聽得府中傳呼之聲此伏彼起，眾衛士大叫：「有刺客，有刺客！」

他進來之時沿路留心，認明途徑，當下仍從鵝卵石的花徑奔向小門，翻過粉牆，那輛馬車倒仍候在門外。他將馬春花放入車中，喝道：「回去。」那車夫已聽到府中吵嚷，見胡斐神色有異，待要問個明白，胡斐砰的一掌，將他從座位上擊落。

便在此時，府中已有四五名衛士追到，胡斐提起韁繩，得兒一聲，趕車便跑，幾名衛士追了十餘丈沒追上，紛叫：「帶馬，帶馬。」

胡斐驅車疾馳，奔出幾條街道，聽得蹄聲急促，二十餘騎先後追來。追兵騎的都是好馬，越追越近。胡斐暗暗焦急：「這是天子腳下的京城，可不比尋常，再一鬧，便有巡城兵馬出動圍捕，就算我能脫身，馬姑娘卻又如何能救？」

黑暗中，見追來的人都手拿火把，車中馬春花初時尚有呻吟之聲，這時卻已沒了聲息，胡斐好生記掛，問道：「馬姑娘，肚痛好些了麼？」連問數聲，馬春花都沒回答。一回頭，火炬照耀，追兵又近了些。忽聽得颼的一聲響，有人擲了一枚飛蝗石過來，打向他後心。胡斐左手一抄接住，回手擲去，但聽得一人「啊喲」一聲呼叫，摔下馬來。

這一下倒將胡斐提醒了，最好是發暗器以退追兵，可是身邊沒攜帶暗器，追來的福府衛士又學了乖，不再發射暗器。他好生焦急：「回到宣武門外路程尚遠，半夜裏一干人大呼小叫，怎不驚動官兵？」情急智生，忽然想起了懷中的金壺，伸手隔著椅披使勁連捏數下，金壺上鑲嵌的寶石登時跌落了八九塊，他將寶石取在手中，火把照耀下瞧得分明，右手連揚，寶石一顆顆飛出，八顆寶石打中了五名衛士，寶石雖小，胡斐的手勁卻大，打中頭臉眼目，疼痛非常。這麼一來，衆衛士便不敢太過逼近。

胡斐透了口長氣，伸手車中一探馬春花的鼻息，幸喜尚有呼吸，只聽得她低聲呻吟一聲，臉頰上卻甚冰冷，眼見離住所已不在遠，揮鞭連催，馳到一條岔路。住所在東，他卻將馬車趕著向西，轉過一個彎，回身抱起馬春花，揮馬鞭連抽數下，身子離車縱起，伏在一間屋子頂上。馬車向西直馳，眾衛士追了下去。

胡斐待眾人走遠，這才從屋頂回宅，剛越過圍牆，只聽程靈素道：「大哥，你回來了！有人追你麼？」胡斐道：「馬姑娘中了劇毒，快給瞧瞧。」他抱著馬春花，搶先進廳。

程靈素點起蠟燭，見馬春花臉上灰撲撲的全無血色，再捏了捏她手指，見陷下之後不再彈起，輕輕搖了搖頭，問道：「中的甚麼毒？」胡斐從懷中取出金壺，道：「參湯裏下的毒。這是盛參湯的壺。」程靈素揭開壺蓋，嗅了幾下，說道：「好厲害，是鶴頂紅。」胡斐道：「能不能救？」程靈素不答，探了探馬春花心跳，說道：「若不是大富大貴人家，也不能有這般珍貴金壺。」胡斐恨恨的道：「正是。下毒的是宰相夫人，兵部尚書的母親。」程靈素道：「了不起！我們這一行中，竟出了如此富貴人物。」

胡斐見她不動聲色，似乎馬春花中毒雖深，尚有可救，心下稍寬。程靈素翻開馬春花的眼皮瞧了瞧，突然低聲「啊」的一聲。胡斐忙問：「怎麼？」程靈素道：「參湯中除了鶴頂紅，還有番木鱉。」胡斐不敢問「還有救沒有？」卻問：「怎生救法？」

程靈素皺眉道：「兩樣毒藥夾攻，便得大費手腳。」返身入室，從藥箱中取出兩顆白色藥丸，給馬春花服下，說道：「須得找個清靜密室，用金針刺她十三處穴道，解藥從穴道中送入，若能馬上施針，定可解救。只十二個時辰內，不得移動她身子。」

胡斐道：「不少人知道這所宅子，福康安的衛士轉眼便會尋來，不能在這裏用針，得出城去找個荒僻所在。」程靈素道：「那便須趕快動身，那兩粒藥丸只能延得她一個時辰的命。」說著嘆了口氣，又道：「我這位貴同行心腸雖毒，下毒手段卻低。這兩樣毒藥混用，又和在參湯之中，毒性發作便慢了，若單用一樣，馬姑娘這時那裏還有命在？」胡斐匆匆忙忙的收拾物件，說道：「當今之世，還有誰能勝得過咱們藥王姑娘的神技？」

程靈素微微一笑，正要回答，忽聽得馬蹄聲自遠而近，奔到了宅外。胡斐抽出單刀，說道：「說不得，只好廝殺一場。」心中卻暗自焦急：「敵人定然愈殺愈多，危急中我只能顧了二妹，可救不得馬姑娘。」轉頭向程靈素瞧去，眼色中表示：「我必能救你！」程靈素這時也正向他瞧去，二人雙目交投，似乎立時會意。

程靈素道：「京師之中，只怕動不得蠻。大哥，你把桌子椅子堆得高高的，搭個高台。」胡斐不明其意，但想她智計多端，這時情勢急迫，不及細問，依言將桌子、椅子疊了起來。

程靈素指著窗外那株大樹道：「你帶馬姑娘上樹。」胡斐道：「待會你也過來。」

還刀入鞘，抱著馬春花，走到窗樹下，縱身躍上樹幹，將馬春花藏在枝葉掩映暗處。

但聽得腳步聲響，數名衛士越牆而入，漸漸走近，又聽得那姓全的管家出去查問，眾衛士厲聲呼叱。程靈素吹熄燭火，另行取出一枚蠟燭，點燃了插上燭台，關上窗子，這才帶上門走出，在地下拾了一塊石塊，躍上樹幹，坐在胡斐身旁。胡斐低聲道：「共有十七人！」程靈素道：「藥力夠用！」

只聽得眾衛士四下搜查，其中有一人的口音正是殷仲翔。眾衛士忌憚胡斐了得，又道袁紫衣仍在宅中，不敢到處亂闖，也不敢落單，三個一羣、四個一隊的搜來。

程靈素將石塊遞給胡斐，低聲道：「將桌椅打下來！」胡斐笑道：「妙計！」石塊穿窗飛入，擊在中間的一張桌子上。那桌椅堆成的高台登時倒塌，砰蓬之聲，響成一片。眾衛士叫道：「在這裏，在這裏！」大夥倚仗人多，爭先恐後的一擁入廳，只見桌椅亂成一團，似有人曾在此激烈鬥毆，但不見半個人影。眾人正錯愕間，突然頭腦暈眩，立足不定，一齊摔倒。胡斐道：「七心海棠，又奏奇功！」

程靈素悄步入廳，吹滅燭火，將蠟燭收入懷中，向胡斐招手道：「快走吧！」胡斐負起馬春花，越牆而出，剛轉出胡同，不由得叫一聲苦，但見前面街頭燈籠火把照耀如同白晝，一隊官兵正在巡查。

胡斐忙折向南行，走不到半里，一隊官兵迎面巡來。他心想：「福大帥府有刺客之事，想已傳遍九城，這時到處巡查嚴密，要混到郊外荒僻的處所，可著實不易。」背後人聲喧嘩，又有一隊官兵巡來。胡斐見前後有敵，向程靈素打個手勢，縱身越牆，翻進身旁的一所大宅子。程靈素跟著跳進。

落腳處甚是柔軟，是一片草地，眼前燈火明亮，人頭洶湧。兩人都吃了一驚：「料不到這裏也有官兵。」聽得牆外腳步聲響，兩隊官兵聚在一起，勢已不能再躍出牆去，見左首有座假山，假山前花叢遮掩，胡斐負著馬春花搶了過去，往假山後一躲。

突然間假山後一人長身站起，白光閃動，一柄匕首當胸扎到。

胡斐萬料不到這假山後面竟有敵人埋伏，如此悄沒聲的猛施襲擊，倉卒之間只得摔下背上的馬春花，伸左手往敵人肘底一托，右手便即遞拳。這人手腳竟十分了得，迴肘斜避，匕首橫扎，左手施出擒拿手法，反勾胡斐手腕，化解了他這一拳。他臉上蒙了一塊黃巾，始終默不作聲。胡斐心想：「你不出聲，那就最妙不過。」耳聽得官兵便在牆外，他只須張口呼叫，便即大事不妙。

兩個人近身肉搏，各施殺手。胡斐瞧出他的武功是長拳一路，出招既狠且猛，武功造詣竟不在秦耐之、周鐵鷦等人之下，何況手中多了兵刃，更佔便宜。直拆到第九招上，胡斐才欺進他懷中，伸指點了他胸口「鳩尾穴」。那人極爲悍勇，穴道遭點，仍飛右足踢來，胡斐又伸指點了他足脛「中都穴」，這才摔倒在地，動彈不得。

程靈素碰了碰胡斐的肩頭，向燈光處一指，低聲道：「像是在做戲。」胡斐抬頭看去，見空曠處搭了老大一座戲台，台下一排排的坐滿了人，燈光輝煌，台上戲子卻尚未出場。其時正當乾隆鼎盛之世，北京城中官宦人家有甚喜慶宴會，往往接連唱戲數日，通宵達旦，亦非異事。

胡斐吁了口氣，拉下那漢子臉上蒙著的黃巾，隱約見他面目粗豪，四十來歲年紀，低聲道：「這漢子想是乘著人家有喜事，抽空子偷鷄摸狗來著，因此一聲也不敢出。」程靈素悄聲道：「只怕不是小賊。」胡斐點了點頭，尋思：「瞧這人身手，決非尋常鼠竊狗盜，也算他合該倒霉，卻給我無意擒住。」程靈素低聲道：「咱們便在這大戶人家尋處柴房或閣樓，躲他十二個時辰。」胡斐道：「我看也只好如此。外邊查得這般緊，怎能出去？」

便在此時，戲台上門帘一掀，走出一個人來。那人穿著尋常的葛紗大褂，也沒勾臉，走到台口一站，抱拳施禮，朗聲說道：「各位師伯師叔、師兄弟姊妹請了！」胡斐聽他說話聲音洪亮，瞧這神情，似乎不是唱戲。又聽他道：「此刻天將黎明，轉眼又是一日，再過三天，便是天下掌門人大會的會期。可是咱們西嶽華拳門，直到此刻，還是沒推出掌門人來。這件事當真不能再拖。現下請藝字派的支長蔡師伯給大夥兒說說。」

台下人叢中站起一個身穿黑色馬褂的老者，咳嗽了幾聲，躍上戲台，面向大衆說道：「華拳四十八，藝成行天涯。咱們西嶽華拳門三百年來，一直分爲藝字、成字、行字、天字、涯字五個支派，已有三百年沒總掌門了。雖說五派都好生興旺，但師兄弟們各存門戶之見，人人都說：『我是藝字派的，我是成字派的。』從不說我是西嶽華拳門的。沒想到別派的武師們，卻從不理會你是藝字派還是成字派，總當咱們是西嶽華拳門的門下。咱們這一門人數衆多，老祖宗手上傳下來的玩藝兒也眞不含糊，可是幹麼遠遠不及少林、武當、太極、八卦這些門派名聲響亮呢？只因爲咱們分成了五個支派，力分則弱，那有甚麼說的。」

那老者滿口陝西土腔，有幾個字胡斐便聽不大懂，他說到這裏，咳嗽幾聲，嘆了口長氣，又道：「打從三個月前，咱們在西京便接到福大帥從北京傳來的通知，要咱們華拳門在八月中秋趕到京城，參預天下掌門人大會。送信的參將大人還特別吩咐了，在大會之中，天下各門各派的掌門人都得露一手本門的高招絕藝，請福大帥評定高下。這一來，各家各派誰高誰下，從此再不是憑著自個兒信口吹得天花亂墜，而是要憑本事一拳一腳的顯示出來。咱們得到通知之後，華拳門五個支派的支長，便都聚在一起商議，連天字派的姬三爺，也帶病來到西京。五派說好，這一次要憑眞功夫顯身手，要在五個支派中挑一個手腳上玩藝兒最強的，暫且掛一個『掌門人』的名頭。

「不過五個支派分派已久，各派不但各有門人弟子，而且各有產業家當，要併在一起是不容易的。咱們五個人口講手劃，各出絕招，一個多月下來，藝、成、行、涯四個支派的支長，都服了姬三爺在五個支長中功夫第一，可是他老人家五年前中了風，至今手腳動彈不靈，要他到天下掌門人大會中說說拳腳，原是少有人比他得上……」他說到這裏，台下有人站起身來，粗聲道：「蔡師伯，這個掌門人大會，只怕不是空口說白話就能服人，須得眞刀眞槍，要動個眞章的場所。姬師叔憑他說得天花亂墜，旁人不服，那也沒用。」

那姓蔡老者接口道：「李師姪的話很是。於是我們從五個支派中挑了十名好手，在西京較量拳腳兵器，鬥了這一個多月，仍是比不出一個衆望所歸、技勝各派的人來。雖有人勝了，輸的人卻又不服。現下咱們在這兒光明正大的當衆決一勝敗，人人都親眼得見，玩藝兒誰高誰低，大家衆目所睹，沒人能夠偏私。那一位本門功夫最高的，就算是西嶽華拳門的掌門人，到掌門人大會中去顯顯身手，倘若眞能爲本門掙得個大大彩頭，大家便當眞奉他爲掌門人。今後各支派的事務，仍由各支長自行料理，倘若涉及華拳門的門戶大事，便請掌門人處分。他既爲本派立下大功，有這個名分，也是該的。各位以爲如何？」台下衆人齊聲喝采，更有許多人噼噼啪啪的鼓掌。

胡斐心想：「原來是西嶽華拳門在這裏聚會。」他張目四望，想要找個隱僻所在，抱著馬春花溜出去，但各處通道均在燈火照耀之下，園中聚著的總有二百來人，只要一出去，定會給人發見，低聲道：「只盼他們快些舉了掌門人出來，越早散場越好。」

只聽得最先上台那人說道：「蔡師伯的話，句句是金玉良言。晚輩這些年來一直在藝字派勾當事務，膽敢代本派的全體師兄弟們說一句，待會推舉了掌門人出來，我們藝字派全心全意聽從掌門人吩咐。他老人家說甚麼便是甚麼，藝字派決沒一句異言。」

台下一人高聲叫道：「好！」聲音拖得長長的，便如台上的人唱了一句好戲，台下看客叫好一般，其中譏嘲之意，卻也甚是明顯。

台上那人微微一笑，說道：「其餘各派怎麼說？」只見台下一個個人站起，說道：「我們成字派決不敢違背掌門人的話。」「他老人家吩咐甚麼，我們行字派一定照辦。」「天字派遵從號令，不敢有違。」「滙字派是小弟弟，大哥哥們帶頭幹，小弟弟自然決不能有第二句話。」

台上那人道：「好！各支派齊心一致，那再好也沒有了。眼下各支派的支長，各位前輩師伯師叔，都已到齊，只天字派姬師伯沒來。他老人家捎了信來，說派他令郎姬師兄赴會。但等到此刻，姬師兄還沒到。這位師兄行事素來神出鬼沒，說不定這當兒早已到了，也不知躲在甚麼地方……」說到這裏，台上台下一齊笑了起來。

胡斐俯到那漢子耳邊，低聲道：「你姓姬，是不是？」那漢子點了點頭，眼中充滿了迷惘之色，實不知這一男二女是甚路道。

台上那人說道：「姬師兄一人沒到，咱們已足足等了他一天半夜，總也對得住了，日後姬師伯也不能怪責咱們。現下要請各位前輩師伯師叔們指點，本門這位掌門人是如何推法。」衆人等了一晚，爲的便是要瞧這一齣推舉掌門人的好戲，聽到這裏，全都興高采烈，台下各人也不依次序，紛紛叫嚷：「憑功夫比試啊！」「誰也不服誰，不憑拳腳器械，那憑甚麼？」「眞刀眞腳，打得人人心服，自然是掌門人了。」

那姓蔡的老者咳嗽一聲，朗聲道：「本來嘛，掌門人憑德不憑力，後生小子玩藝兒再高明，也不能越過德高望重的前輩去。」頓了一頓，眼光向衆人一掃，又道：「可是這一次情形不同啦。在天下掌門人大會之中，旣是英雄聚會，自然要各顯神通。咱們西嶽華拳門倘若舉了個糟老頭兒出去，人家能不能喝一句采，讚一句：『好，華拳門的糟老頭兒德高望重，夠糟夠老，老而不死』？」衆人聽得哈哈大笑。

程靈素也禁不住抿住了嘴，心道：「這糟老頭兒倒會說笑話。」

那姓蔡的老者大聲道：「華拳四十八，藝成行天涯。可是幾百年來，華拳門這四十八路拳腳器械，沒一個人能說得上路路精通。今日嘛，那一位玩藝兒最高，那一位便執掌本門。」衆人剛喝得一聲采，忽然後門上擂鼓般的敲了起來。

衆人一愕，有人道：「是姬師兄到了！」有人便去開門。燈籠火把照耀，擁進來一隊官兵。

胡斐左手握住了程靈素的手，兩人相視一笑，危機當前，更加心意相通。但當相互再望一眼時，程靈素卻黯然低下了頭去，她忽然想到了袁紫衣：「我和大哥一同死在這裏，不知袁姑娘會怎樣？」她心知胡斐這時也一定想到了袁紫衣：「我和二妹一同死在這裏，不知袁姑娘會怎樣？」

領隊的武官走入人叢，查問了幾句，聽說是西嶽華拳門在此推舉掌門人，那武官的神態登時十分客氣，但還是提起燈籠到各人臉上照看，又在園子前後左右巡查。

胡斐和程靈素縮在假山之中，見燈籠漸漸照近，心想：「不知這武官的運氣如何？倘若他將燈籠到假山中來一照，只好請他當頭吃上一刀。」

忽聽得台上那人說道：「那一位武功最高，那一位便執掌本門。這句話誰都聽見了。衆位師伯師叔、師兄姊妹，便請一一上台來顯顯絕藝。」他這句話剛說完，衆人眼前一亮，一個身穿淡紅衫子的少婦跳到台上，說道：「行字派弟子高雲，向各位前輩師伯師兄們討教。」衆人見她露的這一手輕功姿式美妙，兼之衣衫翩翩，相貌又好，都喝了一聲采。那武官轉頭瞧得呆了，那裏還想到去搜查刺客？

台下跟著便有一個少年跳上，說道：「藝字派弟子張復龍，請高師姊指教。」高雲道：「張師兄不必客氣。」右腿半蹲，左腿前伸，右手橫掌，左手反鉤，正是華拳中出手第一招「出勢跨虎西嶽傳」。張復龍提膝回環亮掌，應以一招「商羊登枝腳獨懸」。兩人各出本門拳招，鬥了起來。二十餘合後，高雲使招「回頭望月鳳展翅」，撲步亮掌，一掌將張復龍擊下台去。

那武官大聲叫好，連說：「了不起，了不起！」台下又有一名壯漢躍上，說了幾句客氣話，便跟高雲動手。這一次卻是高雲一個失足，給那壯漢推得摔個觔斗。那武官說道：「可惜，可惜！」沒興致再瞧，率領衆官兵出門又搜查去了。

程靈素見官兵出門，鬆了口氣，但見戲台上一個上，一個下，鬥之不已，不知要鬧到甚麼時候，才選得掌門人出來。看胡斐時，卻見他全神貫注的凝望台上兩人相鬥，程靈素心想：「這兩人的拳腳打得雖狠，也不見得有多高明，大哥爲甚麼瞧得這麼出神？」低聲道：「大哥，過了大半個時辰啦，得趕快想個法兒才好。再不施針用藥，便要躭誤了。」胡斐「嗯」了一聲，仍目不轉瞬的望著台上。

不久一人敗退下台，另一人上去和勝者比試。說是同門較藝，然而相鬥的兩人定是不同支派的門徒，雖非性命相搏，但勝負關係支派的榮辱，各人都全力以赴。這時門中高手尚未上場，眼前這些人也不是眞的想能當上掌門人，只華拳門五個支派向來明爭暗鬥，乘此機會，以往相互有過節的便在台上好好打上一架，拳來腳去，著實熱鬧。

程靈素見胡斐似乎看得呆了，心想：「大哥天性愛武，一見別人比試便甚麼都忘了。」伸手在他背上輕輕一推，低聲道：「眼下情勢緊迫，咱們闖出去再說。這些人都是武林好漢，動以江湖義氣，他們未必便會去稟報官府。」胡斐搖了搖頭，低聲道：「別的事也還罷了，福大帥的事，他們怎能不說？那正是立功的良機。」

程靈素道：「要不，咱們冒上一個險，便在這兒給馬姑娘用藥，只是天光白日的躭在這兒，非給人瞧見不可。」說到後來，語音已十分焦急。她向來安詳鎮定，這時若非當眞緊迫，決不致這般不住口的催促。

胡斐「嗯」了一聲，仍目不轉睛的瞧著台上兩人比武。程靈素輕輕嘆了口氣，低聲道：「待會救不了馬姑娘，可別怪我。」胡斐忽道：「好，雖然瞧不全，也只得冒險一試。」程靈素一怔，問道：「甚麼？」胡斐道：「我去奪那西嶽華拳的掌門人。老天爺保佑，若能成功，他們便須聽我號令。」程靈素大喜，連連搖晃他手臂，說道：「大哥，這些人如何能是你對手？一定成功，一定成功！」

胡斐道：「難在我須得使他們的拳法，一時三刻之間，又怎記得了這許多？對付庸手也還罷了，少時高手上台，這幾下拳法定不管使，非露出馬腳不可。他們若知我不是本門弟子，縱然得勝，也不肯推我做掌門人。」說到這裏，不禁又想起了袁紫衣。她各家各派的武功似乎無一不精，倘若她在此處，由她出馬，定比自己有把握得多。

其實，他心中若不是念茲在茲的有個袁紫衣，又怎想得到要去奪華拳門的掌門？

但聽得「啊喲」一聲大叫，一人摔下台來。台下有人罵道：「他媽的，下手這麼重！」另一人反唇相稽：「動上了手，還管甚麼輕重？你有本事，上去找場子啊。」那人粗聲道：「好，咱哥兒倆便比劃比劃。」另一人卻只管出言陰損：「我不是你十八代候補掌門人的對手，不敢跟您老人家過招。您老慢慢兒的候補著吧。」

胡斐站起身來，說道：「倘若到了時辰，我還沒能奪得掌門人，你便在這兒給馬姑娘施針用藥，咱們走一步瞧一步。」拿起那姓姬漢子蒙臉的黃巾，蒙在自己臉上。

程靈素「嗯」了一聲，微笑道：「人家是九家半總掌門，難道你便連一家也當不上？」她這句話一出口，立即好生後悔：「爲甚麼總念念不忘的想著袁姑娘，又不斷提醒大哥，叫他也念念不忘？」見胡斐昂然走出假山，瞧著他的背影，又想：「我便不提醒，他難道便有一刻忘了？」見他大踏步走向戲台，不禁又甜蜜，又心酸。

胡斐剛走到台邊，卻見一人搶先跳了上去，正是剛才跟人吵嘴的那個大漢。胡斐心想：「待這兩人分出勝敗，又得耗上許多功夫，多躭擱一刻，馬姑娘便多一刻危險。」跟著縱起，半空中抓住那漢子背心，說道：「師兄且慢，讓我先來。」

胡斐這一抓施展了家傳大擒拿手，大拇指扣住那大漢背心第九椎節下的「筋縮穴」，小指扣住了他第五椎節下的「神道穴」。這大漢雖身軀粗壯，那裏還能動彈？胡斐乘著那一縱之勢，站到台口，順手揮出，將那大漢擲下，剛好令他安安穩穩的坐入一張空椅。

他這一下突如其來的顯示了一手上乘武功，台下眾人無不驚奇，倒有一半人站起身來。但見他臉上蒙了一塊黃巾，面目看不清楚，腦後拖著條油光烏亮的大辮子，顯然年紀不大。這般年紀而有如此功力，台下所有見多識廣之人盡皆詫異。

胡斐向台上那人一抱拳，說道：「天字派弟子程靈胡，請師兄指教。」程靈素在假山背後聽得清楚，聽他自稱「程靈胡」，不禁微笑，心中隨即一酸：「倘若他當眞是我的親兄長，倒免卻了不少煩惱。」

台上那人見胡斐這等聲勢，心下先自怯了，恭恭敬敬的還禮道：「小弟學藝不精，還請程師兄手下留情。」胡斐道：「好說，好說！」當下更不客套，右腿半蹲，左腿前伸，右手横掌，左手反鉤，正是華拳中出手第一招「出勢跨虎西嶽傳」。那人轉身提膝伸掌，應以一招「白猿偷桃拜天庭」，這一招守多於攻，全是自保之意。胡斐撲步劈掌，出一招「吳王試劍劈玉磚」。那人仍不敢硬接，使一招「撤身倒步一溜煙」。胡斐不願跟他多耗，便使「斜身攔門插鐵閂」，這是一招拗勢弓步沖拳，左掌變拳，伸直了猛擊，右拳跟著沖擊而出。那人見他拳勢沉猛，奮力擋架。胡斐手臂上內力一收一放，將他輕輕推下台去。

只聽得台下一聲大吼，先前讓胡斐擲下的那名大漢又跳了上來，喝道：「奶奶的，你算甚麼東西……」胡斐搶上一步，使招「金鵬展翅庭中站」，雙臂橫開伸展。那大漢竟沒法在台口站立，給胡斐的臂力逼退，又摔了下去。這一次胡斐惱他出言無禮，使了三分勁力，喀喇一響，那大漢壓爛了台前兩張椅子。

他連敗二人後，台下衆人紛紛交頭接耳，都向天字派的弟子探詢這人是誰的門下，但天字派的衆弟子卻無人得知。藝字派的一個前輩道：「這人本門的武功不純，顯是帶藝投師的，十之八九，是姬老三新收的門徒。」成字派的一個老者道：「那便是姬老三的不是了，他派帶藝投師的門徒來爭奪掌門人之位，豈不是反把本門武功比了下去？」

這姬老三，便是天字派的支長。他武功在西嶽華拳門中算得第一，只是五年前中風後兩腿癱了，現下雖不良於行，威名仍是極大，同門師兄弟對他都忌憚三分。衆人見這「天字派的程靈胡」武功了得，而姬老三派來的兒子姬曉峯始終沒露面，都道他便是姬老三的門徒，卻那知姬曉峯早給胡斐點中了穴道，躺在假山後面動彈不得。那姬老三武功一強，爲人不免驕傲，雙腿癱瘓後閉門謝客，將一身武功都傳給了兒子。華拳門五位支長高手比試功夫一月有餘，無人藝能服衆，議定各出本派好手羣聚北京，憑武功以定掌門，姬曉峯對這掌門之位志在必得。他武功已趕得上父親的九成，性格卻不及父親光明磊落。他悄悄躲在假山之後，要瞧明白了對手各人的虛實，然後出來一擊而中，不料陰錯陽差，卻給胡斐制住。

他只道是別個支派的陰謀，伏下別派高手來對付自己。適才他和對手只拆得數招，即遭點中穴道，一身武功全沒機會施展，父親和自己的全盤計較，霎時間付於流水，心下恚怒之極，只盼能上台去再和胡斐拚個你死我活。但聽得胡斐將各支派好手一個個打下台來，看來再也無人制服得他，於是加緊運氣急衝穴道，要手足速得自由。但胡斐的點穴功夫是祖傳絕技，姬曉峯所學與之截然不同。他平心靜氣的潛運內力，也決不能自解給閉住的穴道，何況這般狂怒憂急，蠻衝急攻？一輪強運內力之後，突然間氣入岔道，登時暈去。

程靈素全神貫注瞧著胡斐在戲台上跟人比拳，但見他一招一式，果然全是新學來的「西嶽華拳」，心道：「大哥於武學一門，似乎天生便會的。這西嶽華拳招式繁複，他只在片刻之間瞧人拆解過招，便都學會了。」

便在此時，忽聽得身旁那大漢低哼一聲，聲音異樣。程靈素轉頭看時，見他雙目緊閉，舌頭伸在嘴外，已給牙齒咬得鮮血直流，全身不住顫抖，猶似發瘧一般。程靈素知他是急引內力強衝穴道，以致走火岔氣，此時若不救治，重則心神錯亂，瘋顛發狂，輕則肢體殘廢，武功全失，心想：「我們和他無冤無仇，何必為了救一人而反害一人？」取出金針，在他陰維脈的廉泉、天突、期門、大橫四處穴道中各施針刺。

過了一會，姬曉峯悠悠醒轉，見程靈素正在爲自己施針，低聲道：「多謝姑娘。」程靈素做個手勢，叫他不可作聲。

只聽得胡斐在台上朗聲說道：「掌門之位，務須早定，這般鬥將下去，何時方是了局？各位師伯師叔、師兄師弟，願意指教的可請三四位同時上台。弟子倘若輸了，決無怨言。」眾人一聽，都想這小子好狂，本來一個人不敢上台的，這時紛紛聯手上台邀鬥。其實胡斐新學的招數究屬有限，再鬥下去勢必露出破綻，羣毆合鬥卻可取巧，混亂中旁人不易看出，再則如此車輪戰的鬥將下去，自己縱然內力充沛，終須力盡，而施救馬春花卻刻不容緩，非速戰速決不可。

他催動掌力，轉眼又擊了幾人下台。西嶽華拳門的五派弟子之中，天字派弟子都道他是奉了姬支長之命而來，因此無人上台與他交手，其餘四個支派中的少壯強手，盡已敗在他拳腳之下。至於四支派的名宿高手，自忖實無取勝把握，一來在西京已出過手，二來顧全數十年的令名，誰也不肯上去挑戰。後來藝字派、成字派、行字派三派中各出一名拳術最精的壯年好手，聯手上台，十餘合後還是敗了下來。

這一來，四派前輩名宿、青年弟子，盡皆面面相覷，誰也不敢挺身上台。

那身穿黑馬褂的姓蔡老者坐在台下觀鬥已久，這時站了起來，說道：「程師兄，你武功高強，果然令人好生佩服。但老朽瞧你的拳招，與本門所傳卻有點兒似是而非，嗯，嗯，可說是形似而神非，這個……這個味道大大不同。」

胡斐心中一凜，暗想：「這老兒的眼光果然厲害，我所用拳招雖是西嶽華拳，但震人下台、摔人倒地的內勁，自然跟他們華拳全不相干。」西嶽華拳是天下著名的外門武功，其中精微奧妙之處，豈是胡斐頃刻間瞧幾個人對拆過招便能領會？何況他所見到的又不是該門高手，自不免學得形似而神非。這時實逼處此，只得硬了頭皮說道：「華拳四十八，藝成行天涯。若不是各人所悟不同，本門何以會分成五個支派？武學之道，原無定法。我天字派悟到的拳理略略與眾不同，也是有的。」他想倘能將天字派拉得來支持自己，便不至孤立無援。

果然天字派眾弟子聽他言語中抬高本派，心中都很舒服，便有人在台下大聲附和。

那姓蔡老者搖頭道：「程師兄，你是姬老三門下不是？是帶藝投師的不是？老朽眼睛沒花，瞧你的功夫，十成之中倒有九成不是本門的。」

胡斐道：「蔡師伯，你這話弟子可不敢苟同了。本門若要在天下掌門人大會之中，與少林、武當、太極、八卦那些大派爭雄，一顯西嶽華拳門的威風，便須融會貫通，推陳出新，弟子所學的內勁，一大半是我師父這十幾年來閉門苦思、別出心裁所創，的確頗有獨到之處。蔡師伯倘若認爲弟子不成，便請上台來指點一招。」

那姓蔡的老者有些猶豫，說道：「本門有你老弟這般傑出人材，原是大夥兒的光采，老朽歡喜也還來不及，還能有甚麼話說？只是老朽心中存著一個疑團，不能不說。這樣罷，請程老弟在台上練一套一路華拳，這是本門的基本功夫，這裏十幾位老兄弟個個目光如炬，是便是，不是便不是，誰也不能胡說。你老弟只要真的精熟本門武功，老朽第一個便歡天喜地的擁你爲掌門。」

果然薑是老的辣，胡斐跟人動手過招，尙能借著似是而非的華拳施展本身武功，但要他空手練一路拳法，抬手踢腿之際，眞僞立判，再也無所假借。何況他偷學來的拳招只一鱗半爪，並非成套，如何能從頭至尾的使一路拳法？

胡斐雖饒有智計，聽了他這番話，竟然做聲不得，正想出言推辭，忽聽假山後一人叫道：「蔡師伯，你何以總是跟我們天字派爲難？這位程師兄是我爹爹的得意弟子，他進我門已有一十二年，難道連這套一路華拳也不會練？」只見一人邁步走到台前，正是天字派中的頭挑腳色姬曉峯。近年來凡天字派有事，他總代父親出面處理接頭，雖非該派支長，華拳門中卻沒一個不認得。

姬曉峯躍上台去，抱拳說道：「家父閉門隱居，將一身本事都傳給了這位程師兄，一十二年來爲的便是今日。這位程師哥武功勝我十倍，各位有目共睹，還有甚麼話說？」衆人一聽，再無懷疑，人人均知姬老三怪僻好勝，悄悄調教了一個好徒弟，待得藝成之後，突然顯示於衆人之前，原和他脾氣相合。再說姬曉峯素來驃悍雄強，連他也對胡斐心服，那裏還有甚麼假的？

那姓蔡的老者還待再問，姬曉峯朗聲道：「蔡師伯既要考較我天字派功夫，弟子便代程師哥練一套，請蔡師伯指點。」也不待蔡老者回答，雙腿一並，使出「曉星當頭即走拳」，跟著「出勢跨虎西嶽傳」、「金鵬展翅庭中站」、「韋陀獻抱在胸前」、「把臂攔門橫鐵閂」、「魁鬼仰斗撩綠欄」，一招招的練了起來。但見他上肢是拳、掌、鉤、爪迴旋變化，沖、推、栽、切、劈、挑、頂、架、撐、撩、穿、搖十二般手法伸屈回環，下肢自弓箭步、馬步、仆步、虛步、丁步五項步根變出行步、倒步、邁步、偷步、踏步、擊步、躍步七般步法，沉穩處似象止虎踞，迅捷時如鷹搏兔脫。台下人人是本門弟子，無不熟習這路拳法，但見他造詣如此深厚，盡皆歎服。連各支派的名宿前輩，也不住價的點頭。只見他一直練到「鳳凰旋窩回身轉」、「腿蹬九天沖鐵拳」、「英雄打虎收招勢」，最後是「拳罷庭前五更天」，招招法度嚴密，的是好拳！

他雙手一收，台下震天價喝起一聲大采。

自姬曉峯一上台，胡斐便自詫異，不知程靈素用了甚麼法子，逼得他來跟自己解圍，待見他練了這路拳法，心中也讚：「西嶽華拳非同小可，此人只要能輔以內勁，便成名家。」然而見他拳法一練完，登時氣息粗重，全身微微發顫，竟似大病未愈，或身受重傷一般。台下眾人未覺，胡斐便站在他身後，卻看得清清楚楚，又見他背上汗透衣衫，實非武功高強之人所應爲，心中更增一層奇怪。

姬曉峯定了定神，說道：「還有那一位師伯師叔、師兄師弟，願和程師哥比試的，便請上台。」他連問三聲，沒人應聲。天字派的一羣弟子都大聲叫了起來：「恭喜程師哥榮任西嶽華拳門的掌門人！」衆人跟著歡呼。胡斐執掌華拳門一事便成定局。

姬曉峯向胡斐一抱拳，說道：「恭喜，恭喜！」胡斐抱拳還禮，見他眼中充滿了怨毒之意，記掛著馬春花的病情，也沒心緒理會，說道：「姬師弟，請你快找間靜室，領咱們兩位師妹去休息。」姬曉峯點點頭，躍下台來，但雙足著地時，一個踉蹌，險些摔倒。

胡斐走到台口，說道：「各位辛苦了一晚，請各自回去休息。明日晚間，咱們再商大計，總須在天下掌門人大會之中，讓華拳門揚眉吐氣。」他這句話倒非虛言，心中對華拳門實是存了幾分感激。在衆官兵圍捕之下，若不是機緣湊巧，越牆而入時他們正在推舉掌門，多半馬春花便免不了毒發身死，倒斃長街之上。如有機緣能爲華拳門爭些光采，他也眞願意出力。

衆人聞言，紛紛站起，口中都在議論胡斐的功夫。有的更說姬老三深謀遠慮，一鳴驚人；有的讚揚姬曉峯這一路拳使得實是高明。天字派的衆弟子更興高采烈，得意非凡。有幾個前輩名宿想過來跟胡斐攀談，胡斐卻雙手一拱，跟著姬曉峯直入內堂。程靈素扶了馬春花混入人叢，跟了進去。

這座大宅子是華拳門中一位居官的旗人所有。胡斐既爲掌門，本宅主人自對他招待得十分殷勤。胡斐始終不揭開蒙在臉上的黃巾，與程靈素、馬春花、姬曉峯三人進了內室，說道：「姬大哥，多謝你啦！這掌門人之位，我定會讓給你。如有虛言，我豬狗不如。」姬曉峯哼了一聲，卻不答話。胡斐去看馬春花時，見她黑氣滿臉，早已人事不知，鼻孔中出氣多進氣少，當眞是命若懸絲。

程靈素抱著馬春花平臥床上，取出金針，隔著衣服替她在十三處穴道中都扎上了，每枝金針尾上都圍上了一團棉花。她手腳極快，卻毫不忙亂。胡斐見她神色沉靜平和，這才放了一半心。

過了一盞茶功夫，金針尾上緩緩流出黑血，沾在棉花之上，原來金針中空，以此拔出毒質。程靈素舒了口氣，微微一笑，從藥瓶中取出一粒碧綠的丸藥遞給姬曉峯，說道：「姬大哥，眞正對不住了，請你到自己房裏休息吧。這藥丸連服十粒，你身上的毒質便會去盡，半分不留。」姬曉峯接過了藥丸，一聲不響的出房而去。

胡斐這才明白，原來程靈素又以她看家本領，逼得姬曉峯不得不聽號令，笑道：「藥王姑娘無往而不利。你用毒藥做好事，尊師當年只怕也有所不及。」

程靈素微笑不答，其實這一次她倒不是用藥硬逼，那是先助姬曉峯通解穴道，去了走火入魔的危難，再在他身上施一點藥物。這藥物一上身後痲癢難當，於身子卻無多大損害，吩咐連服十粒的解藥，也只是治金創外傷的止血生肌丸，姬曉峯並無外傷，服了等如不服。但姬曉峯那裏知道？聽她說得毒性厲害無比，自不敢不俯首聽令，即令有所疑心，也不能以自己的性命來一試眞假。於是便出來證明胡斐是他父親暗中所收的得意弟子，又演打一套西嶽華拳，令衆人盡皆敬服，無人敢再懷疑。

程靈素拿了一柄鑷子，換過沾了毒血的棉花，低聲道：「大哥，你累了一夜，便在這榻上歇歇，養一會兒神。有我照料著馬姑娘，你放心便是。」胡斐也眞倦了，除下黃巾，斜身倚在榻上。程靈素道：「你這位掌門程老師傅有件事可得小心在意。十二個時辰之中，不能有人進來滋擾馬姑娘，也不許她開口說話，否則她內氣一岔，毒質不能拔淨，只要留下少許，便前功盡棄。」

胡斐笑道：「西嶽華拳掌門人程靈胡，謹奉太上掌門人程靈素號令，一切凜遵，不敢有違。」程靈素笑道：「我能是你的太上掌門人嗎？那位……」說到這裏，斗然住口，俯身去看馬春花的傷勢。

過了半晌，她回過頭來，見胡斐並未閉目入睡，呆呆的望著窗外出神，問道：「你在想甚麼？」胡斐道：「我想他們明日見了我的眞面目，一看年紀不對，不知會有甚麼話說？好在只須挨過十二個時辰，咱們拍手便去，雖對不起他們，心中不安，但事出無奈，那也只好……只好……」程靈素笑道：「也只好狗急跳牆了。」胡斐笑道：「是啊！跳牆而入，想不到竟碰上了這麼回奇事。」

程靈素凝目向胡斐望了一會，說道：「好！便是這樣。」胡斐問：「甚麼便是這樣？」程靈素道：「咱們在路上扮過小鬍子，這一次你便扮個大鬍子。再給你鬍子上染上一點顏色，包管你大上二十歲年紀。你要當姬曉峯的師兄，總得年近四十才行啊。」

胡斐拍掌大喜，說道：「我正發愁，跟福康安這麼正面一鬧，再也不能去瞧瞧那個天下掌門人大會。你若能給我裝上一部天衣無縫的大鬍子，我程靈胡便堂堂正正，以西嶽華拳掌門人的身分，到會中去見識見識。」程靈素嘆道：「掌門人大會是不用去了，混得過明天，讓馬姑娘太平無事，也就是啦。到會中涉險，可犯不著。」

胡斐豪氣勃發，說道：「二妹，我只問你：這部鬍子能不能裝得像？」

程靈素微微一笑，道：「要扮壯年之人，裝部鬍子有何難處？難是難在舉手投足，說話神情，無一不是中年而非少年。縱是精神矍鑠、身負武功的老英雄，卻也和年輕力壯的少年人不同。」胡斐道：「你大哥盡力而爲。只須瞞得過一時，也就是了。」程靈素道：「好，咱們便試一試。這一次我便扮個老婆婆，跟著你到掌門人大會之中瞧瞧熱鬧。」

胡斐哈哈大笑，逸興遄飛，說道：「二妹，咱老兄妹倆活了這一大把年紀，行將就木，這場熱鬧可不能不趕。」程靈素低聲喝道：「聲音輕些！」但見馬春花在床上動了一下，幸好沒驚醒。胡斐伸了伸舌頭，彎起食指，在自己額上輕擊一下，說道：「該死！」

程靈素取出針線包來，拿出一把小剪刀，剪下自己鬢邊幾縷秀髮，再從藥箱中取出些藥料，在茶碗中用清水調勻，將頭髮浸在藥裏，說道：「你歇一會兒，待軟頭髮變成硬鬍子，我便叫你。」

胡斐便在榻上合眼，心中對這位義妹的聰明機智，說不出的歡喜讚嘆。睡夢之中，一會兒見馬春花毒發身死，形狀可怖；一會兒自己抓住福康安，狠狠的責備他心腸毒辣；又一會兒自己給衆衛士擒住了，拚命掙扎，卻不能脫身。

忽聽得一個聲音在耳邊柔聲道：「大哥，你作甚麼夢了？」胡斐躍起身來，揉了揉眼睛，微一凝神，說道：「我來照料馬姑娘，該當由你睡一忽兒了。」程靈素道：「先給你裝上鬍子，這才放心。」拿起漿硬了的一條條頭髮，用膠水給他黏在頦下和腮邊。這一番功夫好不費時，黏了將近一個時辰，眼見紅日當窗，方才黏完。

胡斐攬鏡一照，不由得啞然失笑，只見自己臉上一部絡腮鬍子，虬髯戟張，不但面目全非，且大增威武。胡斐很是高興，笑道：「二妹，我這模樣兒挺美啊，日後我眞的便留上這麼一部大鬍子。」

程靈素想說：「只怕你心上人未必應許。」話到口邊，終於忍住。她忙了一晚，到這時心力交困，眼見馬春花睡得安穩，再也支持不住，伏在桌上便睡著了。

十年之後，胡斐念著此日之情，果眞留了一部絡腮大鬍子，那自不是程靈素這時所能料到了。

胡斐從榻上取過一張薄被，裹住程靈素身子，輕輕抱著她橫臥榻上，拉薄被給她蓋好，再將黃巾蒙住了臉，走到姬曉峯房外，叫道：「姬兄，在屋裏麼？」

姬曉峯哼了一聲，問道：「是那一位？有甚麼事？」胡斐推門進去。姬曉峯一見是他，「啊」的一聲低呼，從椅中躍起身來。胡斐躬身行禮，說道：「姬兄，我跟你賠不是來啦。」姬曉峯木然不答，眼光中顯然敵意極深。

胡斐道：「有一件事我得跟姬兄說個明白，小弟決計無意做貴派的掌門人，只是機緣湊合，小弟又迫於無奈，這才壞了姬兄大事。」將馬春花如何中毒、如何受官兵圍捕、如何越牆入來躲避、如何爲了救治人命這才上台出手等情一一說了，只馬春花爲何人所害、追捕他的乃是福康安一節，卻略過了不說。

姬曉峯靜靜聽著，臉色稍見和緩，等胡斐說完，仍只「嗯」的一聲，並不接口說話。胡斐又道：「大丈夫言出如山，倘若十天之內，我不將掌門人之位讓你，教我喪生刀劍之下，千載之後仍受江湖好漢唾罵。」武林中人死於刀劍之下，原屬尋常，但若爲天下英雄所不齒，卻是最感羞恥之事。

姬曉峯聽他發下這個重誓，說道：「這掌門人之位，我也不用你讓。你武功勝我十倍，這我是知道的。但你實非本門中人，卻來執掌門戶，自令人心中不服。」胡斐道：「是了。待這次掌門人大會一過，我將前後眞相鄭重宣布，在貴門各位前輩面前謝罪。然後讓貴門各位弟子再憑武功以定掌門，這麼辦好不好？」

姬曉峯心想：「本門之中，無人能勝得了我。這般自行爭來，自比他拱手相讓光采得多。」點頭道：「這倒可行。可是程大哥……」胡斐笑道：「我姓胡，我義妹才姓程。」說著揭去蒙在臉上的黃巾。

姬曉峯見他滿頰虬髯，根根見肉，貌相甚是威武，不禁暗自讚嘆，說道：「胡大哥，本門的幾位前輩很難說話，日後你揭示眞相，只怕定有一場風波。雖你武功高強，原也不怕，但好漢敵不過人多。咱們西嶽華拳門遇上了門戶大事，那是有名的陰魂不散，死纏爛打。」胡斐笑道：「這事我也想到了。後日掌門人大會之中，我當盡力爲西嶽華拳門掙個大大的采頭，將功贖罪，想來各位前輩也可見諒了。」

姬曉峯點點頭，歎了口氣，說道：「可惜我身中劇毒，不敢多耗力氣，否則倒可把本門拳法，演幾套給胡兄瞧瞧。胡兄記在心裏，事到臨頭，便不易露出馬腳。」

胡斐呵呵而笑，站起來向姬曉峯深深一揖，說道：「姬兄，我代義妹向你賠罪了。」姬曉峯還了一禮，心中卻大爲不懌：「我給她下了毒，有甚麼可笑的？」心下這般想，臉上便頗有悻悻之色。胡斐道：「姬兄，我義妹在你身上下毒，傷口在那裏？」

姬曉峯捲起左手袖子，只見他上臂腫起了鷄蛋大的一塊，肌肉發黑，傷口有小指頭大小，隱隱滲出黑血，果如是中了劇毒一般。

胡斐心想：「二妹用藥，當眞是神乎其技。不知用了甚麼藥物，弄得他手臂變成這般模樣。倘若我身上有了這樣一個傷口，自也會寢食不安。」問道：「姬兄覺得怎樣？」姬曉峯道：「這一塊肉麻木不仁，全無知覺。」胡斐心道：「原來是下了極重的麻藥。」一伸手抓住他手臂，俯口便往他創口上吮吸。姬曉峯大驚，叫道：「使不得，使不得！你不要命了嗎？」只是給他雙手抓住了，竟自動彈不得，心中驚疑不定：「如此劇毒，中在手臂已是這樣厲害，他一吮入口，豈不立斃？我和他無親無故，他何必捨命相救？」

胡斐吮了幾口，將黑血吐在地下，哈哈笑道：「姬兄不必驚疑，這毒藥是假的。」姬曉峯不明其意，問道：「甚麼？」胡斐道：「我義妹和你素不相識，豈能隨便下毒手害你？她只是跟你開個玩笑，給你放上些無害的麻藥而已。你瞧我吮在口中，總可放心了吧？」

姬曉峯雖服了程靈素所給的解藥，心下一直惴惴，不知這解藥是否當眞有效，毒性即使能解，是否會留下後患，傷及筋骨，這時聽胡斐一說，不由得驚喜交集，顫聲道：「胡兄，你……你對我明言，難道便不怕我不聽指使麼？」胡斐道：「丈夫相交，貴在誠信。我見姬兄大有義氣，何必令你多躭幾日心事？」姬曉峯大喜，拍案道：「好，我交了你這位朋友。胡兄便是得罪了當今天子，犯下瀰天大罪，小弟也要跟你出力，決不敢皺一皺眉頭。」

胡斐道：「多謝姬兄厚意，我所得罪的那人，雖不是當今天子，但和天子的權勢也差不了多少。姬兄，昨晚我見你所練的一路華拳，其中一招返身提膝穿掌，趕步、擊步之後，那一下躍步，何以在半空中方向略變？」胡斐所說的那一招，名叫「野馬回鄉攢蹄行」，一招之中動作甚是繁複。

姬曉峯聽他一說，暗道：「好厲害的眼光！昨晚我練這一路華拳，從頭至尾精神貫注，只在這一招『野馬回鄉攢蹄行』上，躍起時忽然想到臂上所中劇毒，不免心神渙散。倘若跟他對敵動手，這破綻立時便給他抓住了。」說道：「胡兄眼光當眞高明，小弟佩服得緊，那一招確是練得不大妥當。」於是重行使了一遍。

胡斐點頭道：「這才對了。否則照昨晚姬兄所使，只怕敵人可以乘虛而入。」

姬曉峯既知並未中毒，精神一振，將一十二路西嶽華拳，從頭至尾的演了出來。胡斐依招學式，雖不能在一時之間盡數記全，但也即領會到了每一路拳法的精義所在，說道：「貴派的拳法博大精深，好好鑽研下去，確是威力無窮。我瞧這一十二路華拳，只須精通一路，便足以揚名立萬。」

姬曉峯聽他稱讚本派武功，很是高興，說道：「是啊。本門中相傳兩句話，說道：『華拳四十八，藝成行天涯』。四十八路功夫，分爲一十八路登堂拳，一十二路入室拳，還有一十八路刀槍劍棍的器械功夫。本門弟子別說『藝成』兩字，便能將四十八路功夫盡數學全了的，也寥寥無幾。」

兩人說到武藝，談論極是投契，演招試式，不知不覺間已到午後。主人派來服侍胡斐的侍僕數次要請他吃飯，見二人練得起勁，站在一旁，不敢開口。待得姬曉峯使一招旋風腳，躍起半空橫踢而出，門外突然有人喝采道：「好一招『風捲霹靂上九天』！」胡斐一看，卻是那姓蔡的老者，當下含笑抱拳，上前招呼。

注：一、清朝相國夫人下毒，確有其事，但不是傅恆的夫人，而是明珠的夫人。袁枚《隨園詩話》卷一有記：「余長姑嫁慈溪姚氏。姚母能詩，出外爲女傅。康熙間，某相國以千金聘往教女公子。到府住花園中，極珠簾玉屏之麗，出拜兩姝，容態絕世，與之語，皆吳音，年十六七，學琴學詩頗聰穎。夜伴女傅眠，方知

待年之女，尚未侍寢於相公也。忽一夕二女從內出，面微紅。問之，曰：堂上夫人賜飲。隨解衣寢。未二鼓，從帳內躍出，搶地呼天，語呶呶不可辨。顛仆片時，七竅流血而死。蓋夫人賜酒時，業已酖之矣。姚母踉蹌棄資裝即夜逃歸。常告人云，二女年長者尤可惜，有自嘲一聯云：量淺酒痕先上面，興高琴曲不和絃。」批本云：「某相國者，明珠也。」

二、福康安為人淫惡。伍拉納（乾隆時任閩浙總督）之子批註《隨園詩話》，有云：「福康安至淫極惡，作孽太重，流毒子孫，可以戒矣。」按該批註當作於嘉慶年間，可知其人品行惡劣，清時即已衆所周知。